KB273520

退溪 李滉의 詩文學 研究

李貞和

보고사

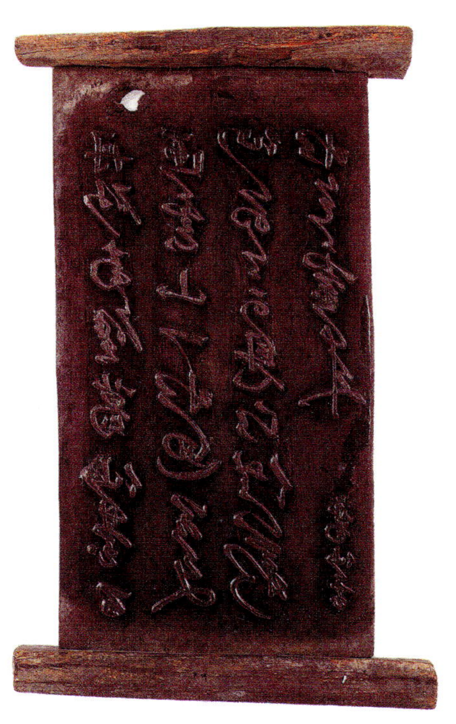

書板 : 退溪 先生의 詩 <葛仙臺>

한국국학진흥원 소장

書板 : 退溪 先生의 詩 <廣瀨>

한국국학진흥원 소장

自 序

　지금까지 退溪의 詩文學에 대한 연구는 퇴계의 사상적 연구를 토대로 수행되어 왔으므로 시인 퇴계의 면모가 깊이 있게 논의되지 않았다. 이 책은 시인 퇴계의 위상을 재정립해야겠다는 관점에서, 시인 퇴계의 詩作에 대한 문학성을 탐색 논의하는 것을 핵심과제로 하였다.

　퇴계의 景物詩에서는, 實景 따위는 전혀 말끝에 올리지 아니하고, 내재하는 理만을 말하고 있다. 또한, 說理詩에서도 스스로 체험적인 삶의 문제와 마주하게 될 때, 스승으로서의 정감과 할아버지로서의 마음, 나아가 시인의 감정을 감추지 못한다. 그리그, 화답시와 차운시로 된 퇴계의 述懷詩는 극도의 감상으로 치닫는 것이 아니라, 상대의 심정을 헤아려 그를 정감적으로 위무하는 것이어서 대체로 삶을 긍정하는 내용으로 가득 차 있다. 특히 매화, 국화와의 증답시들은 퇴계가 晩年에 매화, 국화로 표상되는 자연물과 합일하여 교감을 나누는 경지까지 그 시적 정서가 발전하였음을 보여준 것들이다.

　이로써 보면, 지금까지 도학자적 위상에 가려져 간과되어온 시인 퇴계의 도학적 서정시의 특징은 앞으로 文學史에서 더욱 심도 있게 논의되어야 할 중요한 과제라고 사료된다.

나의 공부는 여러 恩師님들의 염려와 격려 속에서 이루어진 것이다. 오늘 그분들께 고마움을 전하고 싶다. 학문의 길을 열어 주신 成樂熹 선생님이 그립다. 주먹으로 바위에 구멍을 뚫겠다는 각오로 공부하라 하시던 雨田 辛鎬烈 선생님, 好學함을 눈여겨보시고 經學을 일깨워주시던 明谷 柳正基 선생님, 이 두 분께 감사드린다. 한결같은 熱情으로 가르침을 주고 계신 淸坡 閔丙秀 선생님께서 건승하시기를 기원한다. 또, 建大 周易班의 同學들과, 鄭雲采 선생님께도 감사드린다. 대학원에 입학하던 그즈음, 망아지 같던 나를 동양고전의 길로 이끌어 주신 謙山 林采佑 선생님의 은혜를 잊지 않겠다.

얼마 전, 나에게 새 출발의 길을 열어 주신 고마운 분들이 계시다. 경북대 퇴계연구소의 연구 총 책임을 맡고 계시는 金光淳 선생님과, 소장으로 계시는 朴英鎬 선생님, 그리고, 간사장으로 계시는 姜玟求 선생님께 빚진 마음임을 감출 수 없다. 이 책을 낼 수 있도록 독려해 주시고, 주선해주신 세 분 선생님께 다시금 감사드리며, 출판을 허락하신 보고사의 金興國 사장님께도 감사드린다.

때론 엄한 스승으로, 때론 자상한 道伴으로 계셨던 어머니, 어머니의 靈前에 이 책을 바친다. 나에겐 어머니의 빈 자리를 채워 주시는 이모와 閔吉桓 여사님이 계시다. 문득 知秀와 가족의 얼굴이 떠오른다.

계미년 시월 초하루
伏賢寓居에서

李貞和

次 例

第 1 部

退溪詩의 變異 過程과 展開 樣相

第 1 章

退溪詩의 研究史 檢討

退溪에 대한 본격적 연구는 1970년대에 이르러 퇴계기념사업의 일환으로 퇴계학연구원이 창립되면서 철학 연구를 시작으로 논의가 진행되었고, 이와 관련하여 시 연구도 점차 활성화되었다. 대체로 시로써 철학을 이해하고, 철학으로써 시를 이해하려는 두 방면으로 연구가 진행되어 왔다. 그 가운데 일부를 간추려 보면 대략 다음과 같은 것들을 들 수 있다.

李東歡은 퇴계의 性理學的 思惟를 시세계에 적용하는 분석방식을 통해, 퇴계시의 淸眞한 意境이 理想社會를 구현하기 위한 것이라 하였다.[1] 鄭錫胎는 李東歡의 논의에서 한걸음 나아가 梅花詩를 통해 두 영역의 이상적 세계를 분석하였다. 生의 안식처로서의 隱居의 세계와 정신적 합일처로서의 天理의 세계가 거기에 해당한다는 것이다.[2] 鄭雲采도 역시 성리학적

---

[1] 李東歡,「退溪 詩世界의 한 局面」,『退溪學報』第19號, 退溪學研究院, 1980.

[2] 鄭錫胎,「退溪의 梅花詩에 대하여」,『退溪學研究』第5輯, 檀國大學

사유구조를 詩分析에 적용하는 시도를 하였다. 퇴계가 理의 순수성을 보장하기 위해 理의 자발성을 주장하였고, 理의 순수성이 자발성을 통해 나에게 실현되는 상태로 理의 物我相關性을 주장하게 된 것이라 하였다.[3]

퇴계의 詩와 思想과의 상관관계에 대해서는 8·90년대의 학위논문에서도 山水詩와 梅花詩 분석을 통해 지속적으로 연구되었다. 孫五圭는, 퇴계의 山水詩가 미의식의 所在를 自然에 둔 것은 정통적 儒家의 문학관에 기인한 것이라 하였다.[4] 李璡은 居敬窮理的 퇴계시의 주제가 天人合一을 목표로 한 것이어서, 그의 시에 사상의 개입이 강하게 드러난다고 논하였다.[5]

金泰鷹은 퇴계를 道學主義 文學을 실천궁행한 학자적 詩人으로 보았기 때문에, 퇴계시는 性情得正의 윤리적 가치와 미적 가치가 통일된 것으로 파악하였다.[6] 金洪永은, 특히 고전적 규범을 준수할 것을 강조한 것이 바로 퇴계의 형식비평이며, 醇正한 道學의 理念에 부합할 것을 강조한 것이 바로 그의 내용비평이라 설명하였다.[7] 趙喆濟는, 퇴계의 시문학은 經學과 같은 길로 보았으며, 詩속에 나타난 자연묘사는 靜觀自得의

校 退溪學研究所, 1991.

3) 鄭雲采, 『退溪 漢詩 研究』, 서울대 석사학위논문, 1987.

4) 孫五圭, 『退溪의 山水文學 研究』, 성균관대 박사학위논문, 1990.

5) 李 璡, 『退溪詩의 性理學的 變容研究』, 동국대 박사학위논문, 1992.

6) 金泰鷹, 『退溪詩의 한 研究-正心詩를 중심으로』, 성균관대 박사학위논문, 1995.

7) 金洪永, 『退溪 文學批評 研究』, 계명대 석사학위논문, 1992.

意表라고 논하였다.[8]

李澤東은 퇴계의 매화시가 단순한 自然詩가 아니라 그의 내면의식을 투영한 것이라 여겼으며, 京城을 부정적인 공간으로 인식하고 끊임없이 陶山으로 돌아가기를 원하는 것이 곧 그 의식의 한 단면이라 분석하였다.[9]

퇴계시에 대한 研究書 역시 퇴계시를 理學家의 餘技로 보고 있다. 王甦는 퇴계시의 특질을 愛自然과 愛眞理로 설명하였고, 퇴계시의 예술적인 경계가 山水詩, 梅花詩, 理語詩에 표현되어 있다고 하였다. 王甦는 퇴계시학을 理學의 일부분이라 이해하려 하였다.[10] 李秀雄도 王甦와 마찬가지로 퇴계는, 居敬窮理를 작시의 기반으로 하고 있어서 훌륭한 문학작품을 제작할 수 있었으며, 孔孟程朱의 道를 詩의 根幹으로 하여 예술적 경계를 추구할 수 있었다고 보았다.[11]

한편, 퇴계의 문학관에 대해서는 詩文에만 한정하지 않고, 국문시가에 담긴 그의 사상을 逆探하여 연구하자는 논의가 있어 왔다. 崔珍源은 〈陶山十二曲〉의 창작동기를 그 跋文에 나타난 개념들을 근거로 하여 살폈고, 퇴계 당시의 시가들이 사대부들의 풍류와 부합하지 않아 퇴계가 직접 국문시가를 창작해야 할 필요성을 인식했다고 하였다. 또, 퇴계가 별도로 국문시가를 선택한 이유는 문학성이 歌唱을 통하 충족되기 때문이

---

8) 趙喆濟, 『退溪 李滉의 詩文學考』, 동국대 석사학위논문, 1987.
9) 李澤東, 『退溪의 梅花詩 研究』, 서강대 석사학의논문, 1989.
10) 王甦(李章佑 譯), 『退溪詩學』, 중문, 1997.
11) 李秀雄, 『朱熹與李退溪詩 比較研究』, 北京大學出版社, 1991.

라 하였다.[12] 曹圭益은 〈陶山十二曲跋〉에 나타난 개념들이 퇴계의 문학과 사상을 동시에 이해하기 위한 핵심적 요소이기 때문에 국문시가에 담긴 그의 문학관을 체계적으로 이해하려는 방법론이 필요하다고 주장하였다. 그는 국문시가를 1) 翰林別曲類, 2) 李鼈의 六歌類, 3) 도산십이곡 등으로 나누어 1)과 2)를 부정적으로 평가하고, 제 3의 시가를 창작하여 도학자적 통찰과 사명감을 표출하였다고 주장하였다.[13]

李敏弘은 〈陶山十二曲〉이 六歌의 곡조 틀 속에 도산십이곡의 노랫말을 넣어서 문인들과 휘하의 兒輩로 하여금 스스로 노래하고 춤추게 하는데 목적이 있었다고 보고, 題名이 曲이라는 점을 예로 들어, 이것은 노래에만 국한된 것이 아니라 무용까지 포함한 樂舞라고 유추하였다. 또, 栗谷의 〈高山九曲歌〉와 南冥의 〈短歌〉와 달리 主理的 性情 美學에 근거하여 제작된 것으로 파악하였다.[14]

그밖에도, 문학론을 통해 퇴계시를 학자의 시로 볼 것인지 아니면 시인의 시로 볼 것인지를 논의하는 작업도 시도되었다. 崔信浩는, 퇴계가 현실쪽에서 理法을 본 이상주의적 도학자였으므로, 情感論을 부정했다고 보았다.[15] 이에 비해, 金周漢은

---

12) 崔珍源, 「陶山十二曲과 敬」, 『韓國古典詩歌의 形象性』, 성균관대 대동문화연구원, 1988.

13) 曹圭益, 「退溪의 詩歌觀 小攷」, 『退溪學研究』 第2號, 1988.

14) 李敏弘, 「南人文學의 成立과 그 展開」, 『南冥學派와 退溪學派의 思想的 特性』(발표논문집), 경상대 남명학연구소, 1999.

15) 崔信浩, 「退溪의 文學觀에 있어서의 志의 문제」, 『성심어문논집』 제16호, 1994.

學者의 시문과 詩文家의 시문의 차이는 후자가 주로 緣境而
出하는 정감의 형상화라면, 전자는 存省의 과정을 경과한 뒤
의 것을 구상화한 것으로 파악하였다. 즉, 퇴계가 정감에 치우
치는 문학보다는 向心의 문학으로 방향을 전환한 것이지, 정
감 자체를 완전히 부정한 것은 아니라고 논하였다.[16]

퇴계시에 대한 연구업적은 그동안 주로 『退溪學報』, 『退溪
學研究』, 『退溪學』등을 통해 논의를 集積해 왔다. 그러나 漢
詩 專攻者의 깊이 있는 穿鑿보다는 국문학계, 한문학계, 중문
학계 등 여러 인접 분야에서 단편적인 관심을 보인 정도에 그
치고 있는 것이 그간의 사정이다. 그 가운데 일부를 보면 다음
과 같다.

徐首生에 따르면, 퇴계는 一絶一句一字라도 選鍊精思의 苦
를 가하여 作詩했으며, 筆法 또한 端勁端重한 退溪體를 이룩
하였다 하고 河西의 말처럼 '李杜文章王趙筆'이라기보다는 오
히려 '陶杜文章王右軍'이 적합하다고 하였다.[17] 李鐘虎는 溫柔
敦厚, 天人合一, 枯淡한 詩境, 性情美를 중시한 것이 퇴계 미
학의 성격인데, 자연미, 인격미, 문예미를 性理文化의 틀 속에
서 통일시키려 한 노력의 결과라 하였다.[18] 李慧淳은 퇴계가

---

16) 金周漢, 「朱子와 退溪의 文學觀」, 『退溪學報』 第56號, 退溪學研究
   院, 1987.
17) 徐首生, 「退溪詩書의 特異性」, 『退溪學報』 第36號, 退溪學研究院,
   1982.
18) 李鍾虎, 「退溪美學의 基本性格」, 『退溪學』 創刊號, 安東大 退溪學研
   究所, 1989.

理學的 歷史認識을 지녀서 역사적 인물을 詩材로 하여서 역사를 초월해 존재하는 인간의 도리를 확립하는 것을 중시하였다고 하였다.[19] 李章佑는 퇴계의 仕宦 時節에 쓴 여행시를 묶어 '使行詩'라 분류하고, 그 시세계는 使命보다는 感懷가 대부분이어서 대체로 紀行詩에 포함된다고 하였다.[20] 또, 贈僧詩의 고찰을 통해, 퇴계는 승려들이 塵世의 구속을 벗어나서 자유롭게 遊行할 수 있다는 것, 고요하게 山寺에서 정진할 수 있다는 점을 매우 좋게 여겼다고 하였다.[21] 鄭錫胎는 퇴계의 문집이 異本간의 출입이 심하므로, 퇴계시의 연구대본을 정립하기 위해, 詩卷別로 작품제목, 細註, 本文 字句의 차이를 검토하는 서지적 작업을 한 열성을 보였다.[22] 최근의 연구 성과로는 다음과 같은 것을 들 수 있다.

李鐘虎는 퇴계학 연구의 현실을 볼 때, 그 시인적 지위를 정립하거나 퇴계사상을 총체적으로 이해하기 위한 방편으로 퇴계시를 분석하려는 시도가 필요하다고 하였다. 즉, 순수한 田園詩와 퇴계의 시가 어떻게 구별되는지를 살피려는 노력이 요구된다고 하였다.[23]

---

19) 李慧淳, 「退溪詩에 나타난 歷史意識」, 『退溪學研究』 第2輯, 檀國大學校 退溪學研究所, 1988.

20) 李章佑, 「退溪의 使行詩」, 『退溪學研究』 第2輯, 檀國大學校 退溪學研究所, 1988.

21) 李章佑, 「退溪詩와 僧侶」, 『退溪學報』 第68號, 退溪學研究院, 1990.

22) 鄭錫胎, 『退溪詩의 書誌와 年代期的 特性 考究』, 고려대 박사학위논문, 1999.

23) 李鍾虎, 「退溪의 詩歌文學論과 文藝認識論의 爭點」, 『退溪와 南冥

閔丙秀는 시를 시로써 이해하여야 한다는 입장에서 퇴계시를 면밀히 분석하였다. 즉, 景物詩조차도 先寫景 後敍情의 기본룰을 고려하지 아니하고, 내재하는 자연의 理만 말하려 했으며, 感事·述懷詩에서도 정감의 움직임을 보여주지 않고 다만 事理를 밝히는 것으로 자족했다고 하였다.24) 또, 퇴계시는 그 변이양상이 삶의 단계에 따라 큰 폭으로 획이 그어진다는 점에 유의하여25) 퇴계의 생애와 詩作의 상관관계를 총체적으로 논의하였다.

지금까지 퇴계시에 대한 연구는 대체로 시를 시로써 바라보는 접근방식보다는 그가 도학자라는 인식을 토대로 하여 이루어진 것이 대부분이었다. 이는 현재 退溪學이라고 일컬어지는 학맥이 철학 연구자들이 중심이 되어 형성 발전되어 온 사실과도 무관하지 않을 것이다. 철학 연구의 일환으로 퇴계시를 조망해 온 지금까지의 연구 성과가 이러한 사실을 설명해준다. 그러므로 본고는 詩人으로서의 퇴계의 위상을 재정립해야 할 필요가 있다는 자각에서, 시인 퇴계의 詩作에 대한 문학성을 탐색 논의하는 것을 핵심과제로 하였다. 물론 퇴계는 理學으로 崇仰되어온 학자이지만, 그의 학문이 난숙한 경지에 이르렀을 때 제작한 시편가운데서 오히려 정감 깊은 詩人의 모습을 찾아

의 思想的 特性』(발표논문집), 1999, 70면.

24) 閔丙秀, 「退溪詩의 形象化 方式에 대하여」, 『韓國漢詩研究』5, 태학사, 1997.

25) 閔丙秀, 「退溪詩의 變異 樣相에 대하여」, 『韓國漢詩作家研究』 제6집, 태학사, 2000.

볼 수 있기 때문이다.

 더욱이 퇴계는 당시 江西詩派와 같은 騷壇의 흐름에 구애
받지 아니하고 그만이 누릴 수 있는 시세계를 견지하고 있음
을 확인할 수 있어 시인 퇴계의 위상을 재정립할 수 있었다.

第 2 章

退溪의 삶과 詩世界의 變異

退溪는 朝鮮朝 理學의 定着에 크게 기여하였을 뿐만 아니라, 유교문화를 중흥하는데 결정적 역할을 한 인물이다. 『明宗・宣祖實錄』에서는 그의 人品을 '英明・疎淡・淸簡・溫粹・謙虛・恬精'이라 하였는데, 그의 인품과 처세 태도는 인격을 도야하며 걸출한 학자로 성장케 하였으나 굳선 신념과 정열을 가지고 현실에 적극적으로 뛰어들어 그 현실을 과감히 개혁해 나갈만한 탁월한 官人으로 성장하지 못하였다 [26]

그의 先代는 조선 초기 鄕吏 階層에 속하였지만, 軍功에 의해 士族으로 승격하였다. 퇴계는 在野에서 在地士族으로 살아가는 것이 체질에 맞았으나, 어머니의 요청으로 科擧에 나아가 고관요직을 두루 역임하며, 朝野의 숭앙을 받았다. 그가 화려한 벼슬자리에 집착하지 않고 쉽게 致仕할 수 있었던 것

---

26) 李樹健, 「退溪와 南冥의 역사적 위상」, 『退溪와 南冥의 思想的 特性』 (발표논문집), 경북대 퇴계연구소, 1999, 5면.

은 그의 삶의 중심이 항상 爲己之學에 있었기 때문이다. 그러나, 그의 시세계는 삶의 단계에 따라 크게 변화하고 있으며 이는 그의 학문적 성숙 단계와 무관하지 아니하므로, 그의 삶의 부분과 시세계의 전개과정을 하나로 어울러 젊은 시절, 知天命, 晚年의 老境으로 나누어 살피려 한다.

第1節. 젊은 시절의 凡俗

退溪는 朝鮮朝 燕山君 7년(1501년) 1월 3일 안동 예안현 온혜 고을의 老松亭에서 출생하였다. 그는 李埴의 막내아들로, 태어난 지 7개월 만에 부친을 여의게 된다. 그는 33세의 어머니 슬하에서 어머니로부터 엄정한 교육을 받으며 성장한다.

그의 初年의 受學은 일반 士大夫家에서 행해진 家學이나 스승으로부터의 체계적 전수에 바탕을 둔 것은 아니었다. 그의 학문은 6세 때 이웃노인에게 『千字文』을 배운 것과 12세 때 叔父 李堣에게 『論語』를 배운 것이 전부라고 알려져 있다. 그는 주로 自學을 통해 홀로 독서하며 經書 등을 익혔고, 형제들과 집 근방에 있는 용수사란 절에서 함께 자주 독서하였다 한다. 이것을 토대로 하여 그는 차후에도 계속 風光이 수려한 여러 山寺에서 독서 경험을 쌓게 된다. 그의 최초의 詩作은 15세 때 〈石蟹〉를 통해 이루어진다.

가재

돌을 지고 모래를 파면 저절로 집이 되고
앞으로 가고 뒤로 달리니 다리도 많구나.
한 움큼 山泉 속에서만 살아
江湖의 물이 얼마나 많은지는 묻지 않네.

石蟹

負石穿沙自由家
前行卻走足偏多
生涯一掬山泉裏
不問江湖水幾何[27]

이 시는 조그만 몸으로 매우 좁은 공간에서 살아가고 있는
가재를 보고 읊은 작품이다. 좁은 공간에서도 분수에 자족하는
石蟹의 모습을 재치 있게 묘사하고 있다.

18세 때 이루어진 詩作 〈野池〉에서는 景物을 통해 理致를
알려고 노력하는 흔적이 엿보이기 시작한다.

들 연못

이슬 머금은 어린 풀잎 물가에 둘러 있고
작은 연못 맑디맑아 모래마저 없구나.
구름 날고 새 지나가는 것은 서로 용납하는 것이지만
다만 때때로 제비들이 물결 찰까 두렵도다.

---

27) 『退溪先生文集續集』 卷1.

野池

露草夭夭繞水涯
小塘清豁淨無沙
雲飛鳥過元相管
只怕時時燕蹴波 [28]

퇴계는 스스로 61세 때 이 시를 가리켜 '그 당시에는 무엇인가 얻음이 있었을 텐데 지금 생각하니 가소로울 뿐이구나. 그후 다시 진일보하였을 테지만 반드시 오늘처럼 옛 일을 생각하여 웃는 날이 또 올 것일세.'라 회고한 적이 있다. 퇴계 자신도 凡俗한 안목으로 있는 그대로의 자연을 읊조린 것을 회고하고 있다. 위의 시는 朱熹의 〈觀書有感〉에서 '半畝方塘一鑑開, 天光雲影共徘徊.'를 연상케 하는 작품이기는 하나, 삶의 깊이를 담아내지는 못하고 있다. 있는 그대로의 자연을 직관적으로 바라본 것일 뿐이다.

19세 때에 이르러 그는 학문의 즐거움을 시화하게 되는데, 다음에 보이는 시 〈詠懷〉에서, 그가 본격적으로 『周易』을 공부하기 시작하며 느낀 감회를 읊게 된다.

감회를 읊으며

홀로 숲 속 오두막에서 만권서를 애독하며
한결같은 뜻으로 십년여를 살아왔네.
이제야 진리의 근원 깨달은 듯한데

---

28) 『退溪先生文集外集』 卷1.

내 마음으로 우주를 간파할 듯하네.

詠懷

獨愛林廬萬卷書
一般心事十年餘
邇來似與源頭會
都把吾心看太虛[29]

이 시에서는 그가 지나온 십여 년 동안의 學業을 바탕으로
하여, 이제 난해하다고 알려진 『周易』을 대하게 되자, 금방이
라도 그 이치를 훤히 파악할 것 같은 젊은 욀기에 가득 차 있
음을 보여준다. 실제로 그는 젊은 시절에 自學하여 온종일 『周
易』공부에만 몰두하다가 쇠약한 몸으로 살아가게 되는 상황을
초래한다. 이 시에서는 자연의 진리를 깨달을 경지가 아니면서
도 학문에의 열정을 젊은이의 심정으로 여과 없이 토로하고
있다. 이 시기의 그의 시가 凡俗한 시와 다를 바 없음을 알 수
있다.

그럼에도 自學 熱意를 멈추지 않고 지속하여 23세 때와 33
세 때에는 成均館에 유학하게 된다. 그 당시에 都城에서는 士
禍로 인하여 儒生들의 의기가 침체되어 향락적인 생활이 만연
했지만 퇴계는 여전히 학문의 열의를 다할 뿐이었다. 그의 진
지한 학문 태도는 유생들의 험담의 대상이 되었고, 퇴계 또한
그들에게 실망하여 귀향하게 된다.

---

29) 『退溪先生文集外集』 卷1.

성균관에서는 河西 金麟厚만이 그의 道友가 되어 돈목하게 지낼 뿐이었다. 그가 귀향할 때 하서가 그를 송별하여 '무릇 선생께서는 嶺南의 빼어난 선비이십니다. 문장은 이태백과 두보 같고 필치는 왕희지와 조맹부 같습니다.'[30] 한 것은 널리 알려져 있다.

이때에 그는 귀향하는 도중 여주에 이르자, 그곳에서 閑居하고 있던 慕齋 金安國을 찾아가게 되는데, 이때의 착잡한 심정이 다음의 시에 드러난다.

이포 나루를 지나며

장차 이 몸의 신세를 강호에 부치려고
창랑 노래 한 가락에 가만히 화답하네.
세상일 헤아릴수록 근심만 모여들어
운림을 떠나오니 꿈속에 혼이 자주 나타나네.
선창에는 넘실넘실 햇살이 거꾸로 쏘고
물가에는 점점이 연꽃이 가볍게 흔들리네.
있는 모습 그대로 버려두지 못하는 게 늘 부끄러워
아름다운 곳을 만날 때마다 등한히 지나가네.

過梨浦

欲將身世付鷗波
細和滄浪一曲歌
世事算來憂思集
雲林別去夢魂多

---

30) 『退溪先生年譜』 卷1. "夫子嶺之秀, 李杜文章, 王趙筆."

船牕倒射溶溶日
水渚輕搖點點荷
常愧未能渾脫略
每逢佳處等閒過[31]

이 시에 의하면 자신의 행동에 잘못이 없을지라도, 和而不同하지 못하고 성균관을 떠난 일을 그는 傷心하는 듯하다. 세상에서는 늘 사람들을 의식하게 되어 괴로울 뿐이다. 그들과 더불어 살아야 하는 까닭에 성균관 유생들과 화합하지 못한 일을 비롯해 그의 삶은 갈등이 끊이지 않는다. 이것으로부터 초탈하지 못한 데서 오는 삶의 쓸쓸함이 이 시의 주조를 이루고 있는 것이다.

그는 23세 때부터 34세 때까지 정규교육을 받으며 小科(進士試, 生員試, 進士會試, 경상도의 鄕試)와 大科(文科初試, 覆試, 殿試) 등에 급제하여, 그동안 쌓아온 학문적 성과를 이루게 된다. 그의 학문에 대한 지향은 科擧에 及第해 高官大爵에 오르는 것이 아니므로 과거에 급제한 데서 오는 즐거움을 나타낸 글은 발견되지 않는다.

그가 젊은 시절에는 都城 안 西小門의 私邸에서 관직 생활을 하기도 하였는데, 이때에 지은 시는 많지 않다. 32·3세 때에 더러 남쪽 지방을 기행하며 지은 경물시가 남아 있다. 이 시기에 그는 거처를 출생지인 老松亭에서 芝山蝸舍로 옮긴다. 그

---

31) 『退溪先生文集續集』卷1.

는 詩作을 하면서도 평생에 걸쳐 課業으로 행해야 할 것이 무엇인지를 궁구하게 된다. 다음은 26세 때의 작품 〈山居〉이다.

山家에서

푸른 산 옆에 깨끗한 서재를 짓고
만 권의 도서만을 저장해 두었네.
동쪽 냇물이 문을 감돌아 서쪽 냇물과 합치니
남쪽 산은 푸른 빛 접하고 북쪽 산은 길다네.
흰 구름 자고 가니 처마 끝이 젖어 있고
밝은 달 비쳐 오니 온 방안이 서늘해라.
산중생활이라 아무 일 없다고 하지를 마오
평소에 하고 싶은 일 다시 헤아리기 어렵네.

山居

高齋瀟灑碧山傍
祇有圖書萬軸藏
東澗達門西澗合
南山接翠北山長
白雲夜宿留簷濕
清月時來滿室凉
莫道山居無一事
平生志願更難量[32]

이 작품은 20대에 제작한 3首 가운데 하나이다. 山家 주변

---

32)『退溪先生文集外集』卷1.

의 자연을 있는 그대로 그려내고 있을 뿐이다. 특히 頸聯은
여느 시인의 작품 속에서도 흔하게 보이는 意想과 다를 바 없
다. 오히려 纖巧한 技法의 높은 수준은 凡庸한 시인들로서는
도달하기 어려운 경지를 보여준다. 이 시에서는 그의 정신세계
의 意境을 깊이 있게 나타내지는 않고 있다. '圖書萬軸藏'에서
알 수 있듯이 그의 理想이 학문에 있음을 보인다.

청곡사를 지나며

금산 가는 도중 저녁 무렵에 비를 만나니
청곡사 앞에는 차가운 샘이 넘쳐흐르네.
이곳은 내겐 기러기가 눈 위에 발자취 남긴 것 같은 곳
存亡과 離合集散에 한차례 눈물 흘리네.

過靑谷寺

金山道上晚逢雨
靑谷寺前寒瀉泉
爲是雪泥鴻跡處
存亡離合一潸然[33]

이 시는 33세 때에 남쪽 지방을 유람하면서 지은 것이다. 이
때 그가 잠시 들른 진주의 청곡사는 어린 시절에 숙부를 따라
와서 형제들과 함께 독서하던 장소이기도 하였다. 그 시절에
같이 이곳에 왔던 家兄이 타계하고, 그는 이곳에서 '存亡離合',

---

[33] 『退溪先生文集別集』卷1.

즉 영원할 수 없는 人生임을 절감하며 탄식하게 된다. 특히 인생의 발자취는 마치 날아가던 기러기가 잠시 눈 위에 내려선 것 같다고 하여 허무하기 이를 데 없는 심정을 표출한다. 出仕期로 접어들기 직전에 그는 여행길에 올라, 이처럼 인생의 유한함을 깨닫고 숙연해지는 시편을 남기기도 한다.

第2節. 知天命의 自覺

退溪는 大科에 及第한 34세 때부터 出仕期로 접어들게 된다. 그의 어머니가 그에게 당부하기를 항상 벼슬은 고을 원 정도만 하고 大爵은 하지 말라고 하였다. 그의 맑은 성격을 남들이 용납치 않을까 걱정하였기 때문이다. 그도 역시 그의 어머니의 당부를 명심하고 벼슬에 연연해하지는 않았다. 그러다가 그가 37세 때에 親喪을 당하게 되어 벼슬을 사임하고, 3년 후 脫喪 때까지 作詩도 하지 않고 경건하게 지낸다. 脫喪한 후 곧바로 그는 임금의 스승인 經筵官을 겸한 弘文館 副修撰을 임명받게 된다. 그는 聖恩을 생각하여 國泰民安을 위해 都城에서의 宦路生活에 성심을 다한다. 國泰民安을 기리는 호방한 詩作은 젊은 시절의 〈義州雜題 十二絶〉을 들 수 있다.

주성의 지리

성가퀴 높고 높아 지세도 웅장하여
요동으로 경계 나눠 山戎을 눌렀구나.

하늘이 만들어낸 듯 國門의 鎖鑰이라
저녁 횃불 길이길이 平安을 알리는구나.

州城地利

雉堞峨峨地勢雄
分疆遼左壓山戎
國門鎖鑰如天設
長得平安報夕烽[34]

이 시를 통해 그는 國境 義州가 요새로써 좋은 곳임을 파악할 뿐, 낯선 곳에서의 物景 描寫는 나타나지 않고 있다. 오로지 밤에 적신호를 보낼 때 필요한 봉수대를 바라보며 나라가 평안하기를 바라는 염원을 표백하고 있을 뿐이다.

그는 국가를 생각함에 있어서는 一身의 安慰를 고려하지 않고, 直言을 하는 경우도 있었다. 그 한 예를 들면, 45세 때 그는 國泰民安을 유지하려면 장차 적대국인 倭와도 친화정책을 써야 後患을 未然에 방지할 수 있다고 상소하기도 한다.[35] 임진왜란을 예견하기까지 한 그의 遠見之明이 작용한 것 중에 하나인 이 上疏文은 실행되지 못한다. 이것 이외에도 그가 정치적인 일들에 대해 자신의 견해를 제안하지만 반대파들에 의해 용납되지 못한다. 이러한 일들과 士禍까지 겪으며, 그는 점점 환로에서 자신의 포부를 펴기가 어려움을 알게 되고, 자연

---

34) 『退溪先生文集內集』 卷1, <義州雜題 十二絶> 其二.
35) 『退溪先生文集內集』 卷6, 「甲辰乞勿絶倭使疏」.

히 귀거래의 뜻을 굳혀 가게 된다. 兼善을 행하기에는 이미 혼탁해져버린 세상이었던 것이다.

마침내 43세 때 그는 病으로 사직하고 스스로 歸去來 生活을 택한다. 그는 대체로 40대 이후 고향에 마련한 養眞庵 山家의 休養 생활과 寒棲庵 山家의 敎學 生活을 계기로 본격적으로 詩作에 들어간다.

삼월에 병상에서 뜻을 말하다

날이 개자 비둘기가 지붕 귀퉁이에서 울며
나더러 새 사립문을 열라고 권하네.
지팡이를 짚고 서쪽 뜰을 거니노니
꽃과 나무들이 다투어 향내를 내네.
성안에는 봄안개가 빙 둘렀고
누각에는 붉은 꽃그림자가 비치네.
사물을 보면서 그윽한 회포를 달래니
내 사모하는 바를 어찌 가벼이 여기겠는가?
田園에 春事가 시작되었으니
들판에서 일으킨 興致가 이에 무르익으리.
예전부터 쓸모없는 자질이라
평소 언덕과 골짜기를 기약했었지.
푸른 산언저리를 서글피 바라보면서
돌아가는 구름을 눈으로 보내네.

三月 病中言志

晴鳩喚屋角

勸我開新扉
策杖步西園
花木爭芬菲
城中春霧籠
樓閣映丹暉
覽物撫幽懷
所慕豈輕肥
田園春事作
野興濃於茲
向來樗散質
平生丘壑期
悵望靑山郭
目送缺雲歸[36]

　이 시를 통해 그가 그동안의 宦路에서 터득한 바는 곧 病으로 쓸모없는 몸인데다가 정신적 수양마저 제대로 할 수 없는 삶이었음을 고백하고 있다. 그래서 잠시 휴양생활을 하게 되면서 바라보는 자연의 風光은 그에게 시름만 더하게 한다.

　이 시기에 이르러, 그는 시를 통해 田園에서 느낀 志趣를 나타내게 되는데, 이때의 그의 志趣는 높은 정신적 경지를 보여 준다기보다는 자신이 일찍이 자연에서 閑居하며 학업에 정진하리라는 계획이 있었음을 재인식하고 있을 뿐이다. 즉, 自然이야말로 그가 꿈을 실현할 수 있는 가장 좋은 장소임을 확

---

36) 『退溪先生文集續集』 卷1.

인하는 것이다. 그가 십여 년간 환로생활에 얽매여 있어서 본
격적으로 平生의 念願을 실천한다거나 이것에 대해 절실하게
생각할 수 없었기 때문일 것이다. 결국 그는 46세 때 養眞庵
이라는 山家를 짓고 병든 몸임을 자처하고는 이곳에서도 휴양
생활을 하게 된다.

**양진암에서 오인원이 쓴 양진이란 글자를 얻었으므로
　　절구 한 수를 부치다**

조촐하게 庵子를 열어 養眞이라 이름 하니
산에 의지하고 물가에 임해 修養하기에 넉넉해라.
밖에 있는 친구가 미리 알기라도 한 듯이
편지에 쓴 양진이란 두 글자 새롭구나.

養眞庵得吳仁遠書有養眞字　因寄一絶

草草開庵號養眞
依山臨水足頤神
故人千里如相識
書面先題兩字新[37]

동암에서 뜻을 말하다

동편이라 큰 기슭에 새 터를 가렸더니
암석이 가로 세로 모두가 그윽하네.
구름 연기 아득아득 산 사이에 묵었는데
시냇물은 돌고 돌아 들녘으로 흘러가네

---

37) 『退溪先生文集續集』 卷1.

만권서적 이 생활은 의탁할 곳 있어 기쁘고
비를 기다리는(一犁雨) 심정은 구하다가 탄식하네.
정녕 詩僧에겐 이런 말 하지 마오
眞休는 맞지 않고 病休가 맞는다오.

東巖言志

新卜東偏巨麓頭
縱橫巖石總成幽
烟雲杳靄山間老
溪澗彎環野際流
萬卷生涯欣有托
一犁心事歎猶求
丁寧莫向詩僧道
不是眞休是病休[38]

첫째 首에서는 그가 宅號를 '養眞庵'이라 정한 연유가 무엇
인지를 알 수 있다. 진리를 수양하기에 적합한 곳이라는 뜻이
그것이다. 그가 생각한 적절한 공간은 바로 '依山臨水'라 하였
듯이, 朝市가 아니고 田園 속에서 찾은 것이다. 그의 意趣는
지난날 政治를 통해 자신의 理想을 펴보겠다는 생각은 아예
일어나지 않고, 敎學하려는 뜻이 자신의 귀거래 생활에서 추
구해야 할 것임을 밝히고 있다. 이 山家는 그의 젊은 시절의
휴양 공간의 역할을 하기 위해 마련한 것이다.
　둘째 首의 詩題에 소개된 東巖은 養眞庵이 자리한 곳에 있

---

38)『退溪先生文集內集』卷1.

는 바위이다. 詩題를 통해 그가 동암의 양진암에서 귀거래 생활을 하는 뜻을 밝히려 하고 있다. 이 시에서 그가 田園을 제재로 하면서까지 자신의 뜻을 말하고 있으니, 즉 자신의 강호생활은 수많은 서적을 공부하기 위하여 택한 것이며, 隱居 자체를 위해 산 속에 숨어버린 경우는 아니라는 점이다. 그는 병으로 인해 휴양하는 상황이라서 이렇게 養眞庵 山家에서 村翁처럼 살며 晝耕夜讀하는 일과를 보여주고 있을 뿐이다.

그가 양진암에서 휴양하고 있을 때 또다시 召命이 와서 弘文館 應敎를 제수받고 조정에 가게 된다. 한 달이 지나 壁書의 獄이 일어났고, 이를 지켜볼 수밖에 없었던 자책감에 사직한다. 그에게는 계속 보직이 부여되지만 끝내 外職을 자처하고 도성생활을 하지 않는다. 이후 그는 단양과 풍기 군수를 하게 되지만, 이 또한 스스로 사직하기에 이른다. 그는 宦路에서 오는 심적 부담과 질병으로 인해 귀향한 것이다.

49세 때 그는 귀향하여 宦路를 잊고 閑寂한 곳을 찾아, 골짜기와 시냇물을 구비한 溪上을 은거지로 삼아 이곳 서쪽에 寒棲庵이라는 山家를 마련한다. 그는 이때 자신의 堂號를 '靜習'이라 한다. 여기에는 조용한 곳에서 학문에 정진하겠다는 뜻이 담겨 있다.

**퇴계의 서쪽에 초옥을 옮겨 짓고
한서암이라 이름짓다**

암석 벼랑 붉고 푸르며 물은 잔잔하게 흐르는데
草屋 사립문이 노을 사이에 침침하네.

此生 애오라지 다시 얻음을 기뻐하는데
어찌 좋은 벗과 함께 서성임이 없을 수 없으리오?

移構草屋於退溪之西 名曰寒棲庵

巖崖丹碧水淙潺
草屋柴門晻靄間
已喜此生聊復得
豈無三益共盤桓[39]

이 시는 그가 寒棲庵에 돌아와서 느끼는 意趣를 담고 있다.
이 시에서의 경물은 그 아름다움을 묘사하는 것에 의미를 둔
것이라기보다는 오히려 이곳이 마치 隱士의 집처럼 속세에서
잘 보이지 않음을 가리킬 뿐이다. 바깥짝을 통해 알 수 있듯
이, 이 시는 그가 귀향을 하여 이렇게 山家에서 생활하게 된
것이 기쁨이 아닐 수 없음에 自足하여 쓴 시라고 할 수 있다.
그가 기대하는 좋은 벗이란 聾巖 李賢輔와 같은 山林處士이
기도 하며, 손수 심어 가꾸는 松, 竹, 梅, 菊, 瓜이기도 하다.

매화를 심으며

宋廣平도 鐵石 같은 肝腸이 녹아 내렸고
西湖의 林逋는 허물 벗고 신선이 되었네.
금년엔 이미 나뭇잎 떨어져 성글게 되었으나
내년엔 다시 고고한 절개를 보여 주겠지.

---

39) 『退溪先生文集別集』 卷1.

種梅

廣平鐵石腸
西湖蛻仙骨
今年已蕭疎
明年更孤節[40]

이 시를 통해 매화를 사랑하여 손수 심어 가꾸는 그의 마음을 알 수 있다. 안짝에서, 梅花賦를 지은 바 있는 宋廣平과, 梅花詩로 유명한 林逋를 예로 들어 비유한 것은 다른 시인의 시편에서도 흔히 볼 수 있는 것이어서 凡俗하고, 바깥짝에서도, 정신적 깊이를 시화한 것이라기보다는 올해의 매화나무의 落花한 풍모와 明年의 그것의 開花한 풍모를 대비한 채, 梅의 孤節을 直說한 것이어서 역시 범속하기만 하다.

寒棲庵 山家에는 안동과 그 주변 고을에서 수학하러 온 門生들이 늘어나게 되었고, 또 그곳이 서당으로써의 역할을 하기에는 여건(이곳은 온돌이 제대로 되지 않고 추위와 바람막이조차도 잘 안되는 집이었다.)이 너무 열악하여, 그는 제자들의 불편함을 해소하기 위해 教學의 空間까지 적절히 구비된 곳으로 옮길 계획을 한다. 마침내 50세 때 퇴계는 溪上書堂, 즉 溪堂으로 移居하여 십여 년간 거처하게 된다.[41]

---

40) 『退溪先生文集別集』卷1.
41) 權五鳳, 『退溪의 燕居와 思想形成』, 포항공대, 1989, 80면.
　　權五鳳 교수는 溪堂이 양진암, 한서암과는 다른 곳임을 퇴계 유적지 탐방으로 확인한 바 있다. 이를 통해, 考證이 미흡했던 그의 溪堂 생활

퇴계는 50세에 이르러, 젊은 시절부터 뜻은 있었으되 실행하지 못한 귀거래를 溪堂 生活을 통하여 실천하게 된다. 그전에 이루어진 귀거래 생활은 身恙으로 인한 휴양을 목적으로 한 것이어서 勤敬에 머무는 소극적 성격을 띤 것이었다면, 이 시기는 그가 삶의 質이 무엇인지를 자각하게 되면서 이루어진 것이어서, 시를 통해 귀거래 생활의 기쁨을 타인에게도 보여주기도 하며 이 생활을 권하기도 하는 등 이전에 비해 본격적인 모습을 보여준다. 또한, 그는 山水에서 敎學하는 것이 하늘이 자신에게 내린 天命을 받드는 것임을 깨닫고, 그러한 사실을 시화하게 되는데 이 무렵 몇 편의 시에는 說理的 言表가 직접 드러나기도 한다.

청명일에 계상서당에서

마음이 통한다면 한 말로도 알지만
뜻이 다르면 듣는 것 聾者에게 빌림과 어찌 다르리까?
利慾은 오늘에도 강이 바다로 쏟듯
功名은 예로부터 새가 허공을 지나가는 듯하네.
해마다 백성들의 삶은 호소할 데 없이 곤궁한데
人情이란 낱낱이 제 안 같지 않다 싫어하네.
風光은 한스럽게 지는 해를 재촉하고
봄빛은 말도 없이 楓林에 가득하네.
병이 드니 차츰차츰 독서 시간만 줄고
시름이 복받칠 땐 술 안 마실 수 없네.

상은 50대의 퇴계를 이해하는데 중요한 관건이 되는 자료라 하겠다.

허물을 메꿔 가며 옛 어진이의 가르침 본받으니
사람으로 하여금 紫陽의 晦翁을 길이 생각하게 하네.

清明 溪上書堂

心通一語道猶東
志異何殊聽借聾
利慾只今河決海
功名從古鳥過空
年年民俗困無告
箇箇人情嫌不同
有恨風光催嶺日
無言春色滿溪楓
病來稍減書癡絶
愁處難禁酒聖中
補過希前垂至戒
令人長憶紫陽翁[42]

이 시는 基本儒學의 틀을 뛰어넘어 理學에 潛心하기 시작할 무렵인 50세 때 작품이다. 이 시에서 퇴계는 聖賢의 삶을 본받아 허물없는 인간으로 살아가기를 희구하고 있으며, 마침내 그는 朱子를 직접 언표에 드러내는 데까지 이르고 있다.

이 시는 50세의 퇴계가 자신의 귀거래 생활에 둔 뜻이 반드시 성현의 예던 길에 비추어 볼 때, 그들과 삶의 방향이 일치하여야 한다는 것을 자각하고, 다시금 자신에 대해 성찰한다는

---

42) 『退溪先生文集內集』 卷2, <清明 溪上書堂 二首> 其二.

내용으로 되어 있다. 그는 더욱 자제하여, 노쇠해지는 몸일지라도 教學에 힘쓰는 것이 天命을 몸소 행할 수 있는 길이 됨을 자각하고 있다. 그는 성현을 본받아서 되도록 흠이 없는 인간으로 살아가기를 희구하고 있다. 특히 朱子를 흠모하여, 자신도 그와 같이 聖學을 평생사업으로 할 것임을 밝히고 있다.

만일 그가 高官大爵의 생활을 누리려고 宦路에 있는 몸이라면, 이렇게 전원에서의 삶을 통해, 향촌 사람들의 곤궁한 농경생활을 피부로 느끼지 못할 것이라고 고백하고 있다. 그의 전원생활은 그들의 곤궁함은 물론 자신의 곤궁함이 수반되어 있는 것이기도 하다. 그렇기 때문에 그의 시에서는 愛民意識이 엿보이기도 한다.

정월 대보름 밤에 계당에서 달을 대하다

溪翁이 호올로 溪堂에서 자는데
밤중에 창을 열고 달빛을 바라보네.
달빛은 넘실넘실 푸른 안개 사라지고
일만 구멍에 바람이 자 온방이 고요하네.
아이들 관등놀이 우리 풍속 아니고
새해를 점치는 농민들 참으로 미욱하기도 하지.
어떻게 華山圖를 모두 다 열람하여
조용히 마음 가라앉히어 周易을 읽으리.

上元夜 溪堂對月

溪翁獨向溪堂宿
半夜開窓看月色

金波瀲灩綠烟滅
萬竅無風一室寂
賞燈兒戲非吾俗
占歲昕情乃眞惑
何如閱盡華山圖
靜鑑惺惺讀周易[43]

    학문에 정진하는 것에서 山家 生活의 樂을 찾는 그에게 정월 대보름을 맞이하여 즐거운 놀이를 한다는 것은 치기어린 행동과 같고, 게다가 점술에 의탁해 한 해의 운수를 맡기는 행동 또한 더욱 그러하다고 생각하고 있다. 그가 고요한 서재에서 할 일은 오로지 주역 공부밖에는 없음을 말하고 있다. 그는 이렇게 가장 밝은 달빛을 대할 때에도 玩月의 興趣를 표백하지 않고 있다. 다만 이 시에 나타난 대보름 달맞이 정서는 민속놀이가 周易을 읽는 것만 못하다고 하는 것이다.[44] 景物詩에 가능한 詩題이면서도 시의 내용은 說理를 드러낼 따름이다.

이숙헌에게 주다(1)

병으로 들어앉아 봄을 보지 못했는데
그대 오니 가슴 트여 정신이 맑아졌네.
명성 높은 사람은 실력도 있음을 알았어라

---

43) 『退溪先生文集內集』 卷2.

44) 閔丙秀, 「退溪詩의 形象化方式에 대하여」, 『韓國漢詩研究』5, 태학사, 1997, 260면.

연전에 몸 공경 다 못한 게 매우 부끄럽네.
좋은 곡식은 돌피가 잘 익기를 허용치 않으니
작은 먼지도 거울을 닦는 데는 해가 된다오.
사실에 지나친 말은 시에 쓰지를 말고
노력하는 공부를 각자 가까이 하세.

贈李叔獻 (一)

病我牢關不見春
公來披豁醒心神
已知名下無虛士
堪愧年前闕敬身
嘉穀莫容稊熟美
纖塵猶害鏡磨新
過情詩語須刪去
努力工夫各日親[45]

이숙헌에게 주다(4)

구름 속에 살고 있는 나의 집을 떠나서
바닷가의 산길을 뚫으며 가겠지.
어려움 겪으면서 인내심 기르고
여행길 다니면서 풍속도 배우리라.
뿌리가 튼튼하면 꽃이 빛나는 법
원류가 깊으면 물결은 절로 이네.
그대는 귀찮다 말고 때때로 편지 주어
천리 밖의 게으른 나를 위로해 주오.

---

45) 『退溪先生文集外集』 卷1, <贈李叔獻> 其一.

贈李叔獻(四)

別我雲中屋
行穿海上山
忍心艱險際
諳俗旅游間
本厚華應曄
源深水自瀾
煩君時寄札
千里慰慵閒[46]

　　퇴계는 위의 두 시에서 계당을 찾아온 30세 연하의 後學 栗谷 李珥와 작별하게 되자, 그에게 남겨줄 말을 담아 간곡한 정감을 보인다. 그가 율곡에게 하고 싶은 말은 앞으로도 明鏡 같은 마음에 속세의 때를 묻히지 말고 살라는 것이다.

　　第1首의 尾聯을 통해 그는 더 이상 자신을 추앙해주는 시는 짓지 말고, 각자에게는 담담하게 학문에 정진할 일이 우선이라고 말하고 있다. 第2首에서는 후학에 대한 기대감을 바탕으로 하여, 당장의 苦行은 삶의 뿌리를 더욱 견고하게 해주는 것이어서, 이를 잘 참고 살아가라는 격려하고 있다. 위의 시는 학문에 나태해지기 쉬운 시인에게도 또한 면려해 달라고 당부하는 시인의 겸손한 인품이 엿보이기도 한다.

---

46) 『退溪先生文集外集』 卷1, <贈李叔獻> 其四.

법련스님에게 주다

一畝의 서당을 지으려 한 법련 스님
내가 계획을 이룰 테니 그대는 믿어다오.
빈 말 같고 쉬운 일이 아닐지라도
진실로 산을 옮기듯이 한다면 왜 되지 않으리?
저 산천에 가득한 풍월에게 임자가 있어야겠지
구름과 노을 또한 얼마나 좋은 벗이겠나.
내년에 내가 돌아오다가 멈칫 걸음을 멈츠고
여기서 살게 된다면 더 없이 즐거우리라.

贈沙門法蓮

一畝儒宮一鉢僧
欲成吾志汝安憑
事同出羖雖非易
誠似移山詎不能
風月滿川須有主
雲霞入眼好爲朋
明年返我迷行駕
衡泌端居樂莫勝[47]

퇴계는 56세 때에 陶山에 새로운 서당을 건립할 땅을 마련
하게 된다.[48] 흡족한 곳을 정해 서당을 짓기로 계획한 그는 위

---

47) 『退溪先生文集續集』 卷2.

48) 이 시에는 自序가 幷記되어 있으니, 다음과 같다. "내가 도산 남쪽 골
   짜기에 精舍를 짓고 싶어서, 용수사의 승려 법련에게 일을 맡겼다. 내
   가 제대로 물자를 공급하지 못함에, 법련은 自費를 들여가면서도 곤란

의 詩題에 소개된 승려 法蓮에게 공사를 맡기게 된다. 퇴계는 이때 大司成, 刑曹參議 등 重職을 맡게 되어 그 공사를 주관하기가 어려웠다. 법련은 용수사의 승려이면서도 木工에 능하기로 알려져 있었다. 퇴계와는 잘 알던 사이라서, 공사비용을 충분히 제공받지 못할 상황임을 알면서도 이 공사를 자원하였다. 그는 일을 착수하던 도중에 그만 入寂하게 되며, 그의 뒤를 이어 승려 精一이 일을 진행하게 된다.

위의 시는 수고만 하다가 입적해버린 故人에게 보내는 위로의 편지와 같은 시라고 하겠다. 시의 내용 전개상으로는 首聯과 頷聯이 한 짝을 이루게 되고, 頸聯과 尾聯 역시 한 짝을 이루게 된다. 즉, 首聯과 頷聯은 愚公移山의 故事를 생각하며, 법련의 죽음이 헛되지 않게 반드시 完工할 뜻을 보이고 있다. 그의 학문 또한 愚公移山의 자세와 같아 하루아침에 이루어진 것이 아니라, 삶의 단계 속에서 인내와 노력으로 쌓아온 것이어서 그는 이 자세를 다시금 상기하고는 우울한 마음을 극복하게 된다.

頸聯과 尾聯에서는 詩想이 확대되어 있는데, 그가 故人에게 陶山의 山水를 말하고 있기 때문이다. 그는 미래의 청사진을 말하며 이런 風光 속에서 風月主人이 되어 聖學에 精進하는 것이 山水의 樂이라고 고백하고 있다.

해 하는 기색이 없으니, 그 마음이 아름다웠다. 世故는 어쩔 수 없어 지금 부득이 西方淨土로 떠났는데, 법련이 와서 告하기를 經理할 일이 있어 경주에 다녀오겠다고 한다. 이에 느낀 바를 적어 그에게 준다."

第 3 節. 老境의 悔悟

60세 이후 퇴계의 晩年은 陶山書堂이 완공됨에 따라, 이곳에 주로 거처하면서 이루어진 것이다. 그의 성애에서 가장 많은 시를 제작할 수 있었던 시기이다.

젊은 시절의 시에서는 凡俗한 詩境에서 크게 벗어나지 못하고 있지만, 晩年에 이르러 그의 시는 한갓 도학자의 시라고만 할 수 없는 爛熟한 詩境을 보여준다. 이와 같은 시세계의 變轉 過程을 가리켜, 작고 여린 나무에서 점차 노성한 고목으로 성장하는 모습과 같다고 하기도 한다.[49] 노성한 고목으로 비유되기도 하는 晩年의 시에서는 그의 삶의 깊이와 학문의 깊이를 한꺼번에 발견할 수 있다.

그의 삶의 깊이는 지난날 宦路에 얽매어 일찍이 귀거래의 뜻을 실행하지 못한 아쉬움을 悔悟하는 시편에 잘 드러나 있으며, 그의 학문의 깊이 또한 理學에 침잠할 때 비로소 깨닫게 된 豁然大悟의 경지를 시화한 것에서 흔하게 찾아진다. 이럴 때에는 자칫 난해한 說理語를 전달하는 것에 그치게 되는 한계가 있을 법한데도 오히려 그는 사람이 왜 학문을 하여야 하는지를 간곡하게 특유의 정감어린 說理詩로써 전달한다. 그는 이것을 시로써 말하지 아니하고 직접 생활로써 보여주기도 하여, 그의 삶 또한 거대한 枯木으로 비유되었다.

---

49) 閔丙秀, 「退溪詩의 變異 樣相에 대하여」, 『韓國漢詩作家硏究』 제6 집, 태학사, 2000, 102면.

시를 읊으며

시가 사람을 그르치지 아니하고 사람이 스스로 그릇되지

興이 오고 情이 가면 참기가 어려운 걸.

風雲이 이는 곳엔 神의 도움 있고 말고

董血이 녹아날 때 속된 소리 끊어지네.

栗里의 陶淵明은 짓고 나면 마음 진정 후련했고

草堂의 杜甫는 고친 뒤면 으레 길게 읊었다오.

제각기 밝게 밝게 착안을 못한 때문

내 어찌 반짝이는 이 마음을 함봉하리?

吟詩

詩不誤人人自誤

興來情適已難禁

風雲動處有神助

董血消時絶俗音

栗里賦成眞樂志

草堂改罷自長吟

緣他未著明明眼

不是吾緘耿耿心[50]

이 시를 통해 특히 晚年의 그의 시가 성장한 많은 이유를
짐작할 수 있게 된다. 삶의 깊이로 충만해진 그의 老境은 山
水의 風光 앞에서 저절로 興과 情이 생기기 때문이다.

領聯에서는 그의 작시태도를 알 수 있는데, 風雲이 이는 곳

---

50) 『退溪先生文集內集』 卷3, <和子中閒居 二十詠> 其四.

에서는 天佑神助하듯 시가 잘 지어지고, 葷血이 남지 않은 맑은 마음일 때 비로소 맑은 시를 지을 수 있다는 것이다. 頸聯에서는 그의 작시 성향을 알 수 있는데, 그가 본받고자 하는 시인으로 陶淵明과 杜甫를 손꼽고 있기 때문이다. 그는 도연명의 歸去來 生活과 두보의 憂國愛民의 精神에 대해 익히 알고 있었으므로, 이들의 감동적인 詩作을 예로 든 것이다.

또한, 尾聯에서는 시를 짓고 싶은 마음이 생길 때는 구태여 자제하지 않는다고 하여, 스스로 시인으로서의 본래적 체질을 진솔하게 고백하기도 한다.

도산서당

舜임금도 그릇 구어 安樂을 누리었고
陶淵明도 농사 지어 얼굴이 흐뭇했네.
聖賢의 心事를 내 어찌 체득하리
늘그막에 돌아와 考槃을 맛보노라.

陶山書堂

大舜親陶樂且安
淵明躬稼亦歡顔
聖賢心事吾何得
白首歸來試考槃[51]

이 시는 陶山이라는 명칭을 聖賢들과 관련지어 생각한 것으로 시작되고 있다. 이 시에서 自序를 대신하는 〈陶山記〉에 의

---

51) 『退溪先生文集內集』 卷3, <陶山雜詠 十八絶> 其一.

하면, '영지산 한 가닥이 동쪽으로 뻗어 도산이 되었는데, …
어떤 이는 이 산 속에 예전에 도자기 가마가 있었으므로 실상
을 들어 이름한 것이라 한다'[52]는 명칭에 대한 유래담이 전해진
다. 퇴계는 도자기를 구워 생활했다는 舜임금의 故事를 떠올리
며, 이 陶山에 정착하게 된 것이 즐거운 일임을 밝히고 있다.

또, '陶'字 姓을 가진 詩人 陶淵明을 떠올려 퇴계 역시 그처
럼 山水에서 淸閑한 樂을 맛볼 수 있음을 다행히 여기고 있
다. 그로써는 도저히 이들 聖賢의 경지를 체득할 수 없다고
하여, 그들을 흠모하게 된 겸손한 마음이 情感의 核心을 이룬
다. 그는 다만 '考槃', 즉 隱居하는 즐거움을 맛보는 것만으로
도 만족해한다.

正字 오자강이 떠나게 되어 시를 주어 이별하다(1)

朱晦翁의 遺書는 백 대의 스승이라
하늘 닿고 땅 서리고 털끝에도 다 들었네.
나귀 등에 싣고 와서 묻는 그대가 고맙지만
담장을 못 들여다본 늙은 내가 부끄럽네.

子强正字將行 贈別(一)

雲谷遺書百世師
際天蟠地入毫絲
感君驢笈來相訂
愧我宮墻老未窺[53]

---

52)『退溪先生文集內集』卷3「陶山雜詠 幷記」. "靈芝之一支, 東出而爲
陶山. … 或云 山中舊有陶竈, 故名之以其實也."

이 시를 통해 晩年의 그가 얼마나 朱子를 흠모하였는지를 알 수 있다. 안짝에서는 朱子가 남긴 저술을 통해 理學에 침잠하고 있는 그의 학문적 깊이를 보이고 있다.

바깥짝에서는 이러한 그에게 찾아와 배움을 구하는 門生에게 오히려 고마움을 표하고 있다. 그는 자신의 학문이 아직까지 朱子의 학문세계의 담장 속도 엿보지 못한 것처럼, 얕은 경지라고 여겨 스스로 悔悟하게 되기 때문이다. 스스로를 내세우지 않고 오히려 감추려는 마음이 이 시에서는 부끄러움의 情感으로 표출되고 있다.

> 물러가 한가히 지내라는 聖恩을 받자와
>   감격하고 또한 기뻐 스스로 시를 쓰다(1)

임시로 은퇴함은 온전한 은퇴가 아니었다네
거짓쓴 은사의 巾 이제 비로소 참 두건을 쓰게 되었네.
雲山도 聖恩이 중한 줄 알아
아침마다 나를 향하여 기쁜 빛이 새롭네.

> 伏蒙 天恩 許遂退閒 且感且慶 自述(一)

假退曾非善退人
濫巾今始著眞巾
雲山亦識君恩重
向我朝朝喜色新[54]

---

53) 『退溪先生文集內集』卷3, <吳子强正字將行 贈別 二絶> 其一.

54) 『退溪先生文集續集』卷2, <伏蒙 天恩 許遂退閒 且感且慶 自述 八絶> 其一.

65세에 제작된 위의 시는 辭職의 뜻을 헤아려 준 임금께 감사하며, 進退 問題의 重壓感에서 벗어난 심정을 노래한 것이다. 그러한 가운데 山林에서 隱居하는 즐거움과 시상이 교차하며 전개된다. 이때의 즐거운 마음은 眞隱을 실현하는 기쁨이면서도, 山水 속에서 모든 것을 超逸하는 隱士가 아니라, 오히려 하나하나 省察하는 隱士의 마음이다. 아침의 風光을 觀照하며 雲上氣稟을 함양하는 것이야말로 임금의 은혜에 보답함을 반추하는 바로 그 사실일 수도 있다.

**물러가 한가히 지내라는 聖恩을 받자와
감격하고 또한 기뻐 스스로 시를 쓰다(5)**

재주도 없고 덕도 없고 앉아 있으면 멍청해지니
어찌 모름지기 무식쟁이가 세상일에 필요하겠나?
먼지 긴 책장을 뒤적이며 늘그막에 공부하려 해도
눈이 흐려 괴로이 헷갈리기만 하네.

伏蒙 天恩 許遂退閒 且感且慶 自述(五)

無才無德坐成癡
應世何須沒字碑
欲向塵編求晚智
眼中花霧苦相欺[55]

위의 시는 晚年에 이르러 노쇠해지는 자신에 대해 안타까워

─────────────────────

[55] 『退溪先生文集續集』 卷2, <伏蒙 天恩 許遂退閒 且感且慶 自述 八絶> 其五.

하는 老翁의 情感이 주조를 이루고 있다. 퇴계는 스승으로 자처하기 보다는 자신 또한 죽는 날까지 공부에 전념해야 한다는 생각으로 살았으므로, 이처럼 공부하기 어려운 여건을 안타까워하는 시를 제작하기도 한다. 그는 학구열을 충족시키지 못하는 육체의 한계에 부딪치게 되자, 자신의 괴로운 심정을 고백하며, 당면한 현실의 어려움을 있는 그대로 토로하고 있다. 그가 뒷날 〈도산십이곡〉에서 "雷霆이 破山ㅎ야도 聾者는 몯듣ᄂᆞ니 白日이 中天ㅎ야도 瞽者는 몯보ᄂᆞ니 우리는 耳目聰明男子로 聾瞽곧디 마로리"[56]라 하여 제자들에게 '聰明好學'을 강조한 것도, 젊은 시절에 열성을 다하여 학업을 이루어야만, 비로소 노년에 육체적 한계에 이르렀을 때 또한 정신력으로 극복할 수 있을 것임을 확신했기 때문이다.

> 이득이 정사에 우거하면서 절구 네 수를 던져
>   주기에 지금 화답하다
>
> 산중 살이 전념 못해 늘 한탄했더니만
> 흰 머리로 돌아와도 속된 일 얽히다니.
> 그대는 나를 보아 깊이 경계하여
> 榮達의 길 가까워졌다 하여 너무 앞을 서지 마오.

> 而得寓精舍 四絶見投 今和
>
> 常恨山居事未全
> 白頭歸臥尙牽纏

---

56) 『退溪先生文集內集』 卷43, 〈陶山六曲之二〉 其二.

勸君視我爲深戒
纔近榮途莫太前[57]

　이 시는 그의 생애 마지막 해(1570년)인 70세 때 지어진 것이다. 그는 더 이상 벼슬에 대한 미련이 없으나, 조정으로부터 한결같이 벼슬이 내려지는 것을 막을 수 없어, 비록 宦路에는 나아가지 않더라도 마음의 짐이 생길 수밖에 없을 것이다. 이로 인하여 그가 문생들에게 遺言과 같이 남긴 말은 바로 벼슬에 연연해하지 말라는 것이다. 그들로 하여금 聖學을 전수케 하려는 뜻이 벼슬을 위한 것이라기보다는 爲己之學할 것을 간곡하게 당부하고 있다.

57)『退溪先生文集內集』卷5, <而得寓精舍 四絶見投 今和 其三> 其一.

第 3 章

退溪詩의 展開 樣相

第1節. 景物詩의 意趣

　景物詩의 일반적인 특징은 경치와 사물에 의탁하여 시인의 主意를 드러내는 것이다. 먼저 寫景을 하고 다음 단계에서 敍情을 하는 것이 그것이다. 이를 통하여 物象이 활력을 얻게 되는 것은 물론이다.

　그러나, 退溪의 경물시는 산수자연의 實景이 최소한의 시의 배경 역할을 하는 것조차 허락하지 않을 뿐 아니라, 눈으로 산수자연을 보면서, 心眼을 열어 눈에는 보이지 않는 깊은 뜻을 밝혀내려 한다. 그는 경물과 시인 사이에 介在하는 사실만을 보여줄 뿐 외경 자체를 꾸미거나 그것에 정감을 불어넣는 일에는 마음을 쓰지 않았다. 한마디로 말하여 '立象盡意'와 같은 基本律조차 돌보려하지 않았다는 것이 옳을 것이다. 다음은 그의 시 〈隴雲精舍〉이다.

농운정사

陶弘景의 隴上 구름 언제나 사랑했는데
스스로 즐길 수 있을 뿐 그대에게 보내지 못하네.
늦으막에 집을 지어 그 가운데 누웠더니
閒情의 절반은 野鹿(백성)들이 나누어 가지네.

隴雲精舍

常愛陶公隴上雲
唯堪自悅未輸君
晩來結屋中間臥
一半閒情野鹿分[58]

　이 작품은 〈陶山雜詠 十八絶〉 가운데 하나다. 隴雲精舍의 實景은 전혀 말끝에 올리지 아니하고 陶弘景(梁나라 道家)의 詩情을 연상하는 것으로 자족하고 있을 뿐이다.

　퇴계는 泉石膏肓의 병이 깊음을 스스로 고백하였으며, 이로 인해 朝市의 生活보다는 江湖의 生活이 체질에 맞아 항상 그러한 생활을 희구하였다. 그의 깊은 自然愛는 단순히 자연물을 있는 그대로 그리어 내는 것에 만족하지 않고 있다. 그가 경물시에서 자신이 추구하는 바가 무엇인지를 구태여 밝히고 있는 것이라든지, 삶의 의미를 진지하게 되새기는데 비중을 두게 된 까닭은 여기에서 비롯된 것이라 짐작된다. 결국 그에게 있어서 산수자연은 隱士들의 안락한 공간만은 아니었던 것이

---

58) 『退溪先生文集內集』 卷3, 〈陶山雜詠 十八絶 七言〉 其七.

다. 그것은 오히려 자신을 완전한 인격으로 다져 가기 위해 끊임없이 극기로써 孤軍奮鬪하는 삶의 현장 그 자체인 것이다.

그는 때때로 자연물을 통해 삶의 위안을 받게 되며, 그럴 때마다 경물시를 창작하게 된다. 그에게 있어서 自然은 단지 吟風弄月의 대상이 아니라, 유한한 인생에 대비되는 영원한 존재임을 확인케 하는 대상이며, 자신의 삶을 일회적인 허무함에서 초탈케 하는 수양의 대상인 것이다.

1. 山水靜居의 體驗

퇴계의 景物詩에서는 朝市와는 멀리 떨어진 山家의 생활이 묘사되기도 한다. 이럴 때에는 그가 대체로 人跡이 드문 곳에서 한적한 마음을 담고 있으며, 자신의 한적한 때를 행운의 시기로 여긴 듯하다. 자연에 합일하기 위해 노력한다거나 조용히 수양하는 것을 지극한 樂으로 여기기 때문이다. 특히, 퇴계가 그의 시에서 예찬한 자연물은 四君子에만 한정한 것이 아니라, 직접 山家에서 재배한 花卉가 있는가 하면, 동네의 시냇물이나 바위 등도 등장하고 있어, 자연과의 교섭이 보다 가까운 거리에서 다양하게 이루어지고 있음을 알 수 있다.

   **종질 빙이 정원의 화훼에 대해 시를 지어 주기를
      요구하므로 쓰다**

   楊洲에도 수천가지 작약이 아름다움을 다투고 있는데

곱디고운 꽃의 자태를 세속에서 와전하였다네.
어찌 뒷정원이 반짝반짝 예쁘게 화장한 것과 같으리오
한잔 술 마주하고 앵무새 노래 듣는다네.

從姪憑 索詠園中花卉

楊洲千品鬪芳華
羅綺嬌遊俗轉訛
何似後園粧爍爍
一尊相對聽鶯歌[59]

위의 시는 꽃을 예찬하는 시인의 모습을 보인 것이다. 산수자연에서 自然物을 벗삼아 생활하는 시인의 여유로운 모습도 함께 읽을 수 있다. 그가 손수 뜰에 심고 가꾸는 화훼에는 비단 사군자만 있는 것이 아니다. 이 시의 제재 芍藥 역시 사군자는 아니지만, 선인들이 관상용, 약재용으로 재배하던 꽃 가운데 하나다. 초여름이면 볼 수 있는 백작약, 산작약, 호작약, 적작약 등 다채로운 함박꽃의 자태에 대한 퇴계의 찬사는 '羅綺', '爍爍'에서 그 빛을 발하고 있다.

더 중요한 것은 퇴계가 이렇게 찬사를 아끼지 않은 속뜻에 있다고 하겠다. 世人들에 의해 작약은 嬌客이라는 별칭으로 회자되어 오기도 하였지만, 퇴계는 이점을 못마땅하게 여긴 듯하다. 다시 말하면, 그는 꽃을 재배하면서 그 진면목을 확인하였기 때문에, 주마간산격인 세인들의 안목을 無誠意하다고 여

---

59) 『退溪先生文集別集』 卷1, <從姪憑 索詠園中花卉 八首> 其七.

긴 듯하다. 이처럼 꽃 한 송이도 그냥 지나치지 않는다는 것에
서 퇴계의 귀거래 생활의 단면을 유추할 수 있는데, 그것은 자
연을 진심으로 사랑하는 마음가짐과 상통하는 것이기도 하다.
이 시에서 작약은 그와 風流를 함께 하는 벗으로, 獻酬하는
장면을 통하여 생생하게 그려지고 있다.

광뢰

넓은 개울 다리 기슭엔 흰 돌도 많은데
울면서 오고가는 白鷗는 푸른 물결에 비껴나네.
봄바람 불면 날마다 놀이 나가고
가랑비 내리면 이따금 도롱이 입고 낚싯줄 드리우네.

廣瀨

廣瀨橋邊白石多
鳴鷗來往碧波斜
春風日日尋遊屐
煙雨時時理釣簑[60]

   광뢰는 地名으로 강물이름인데, 지금은 낙동강으로 통합되
어 있다. 퇴계는 孔子와 마찬가지로 자연을 즐기는 것도 수양
의 방법이 됨을 깨달아 이를 실천하려 하였다. 위의 시에서는
자연을 벗삼아 즐기는 생활의 한 단면을 보여 주고 있다. 이는
『論語』에 나타난 曾晳의 마음과 일치하는 것이기도 하다. '孔

---

[60] 『退溪先生文集續集』 卷2.

58 退溪 李滉의 詩文學 研究

子가 子路, 曾晳, 冉宥, 公西華 등에게 만약 어떤 사람이 너희
들의 學德을 알아준다면 어떻게 할지 그 뜻을 말해보라고 하
였는데, 증석은, 봄철에 봄옷을 갖추어 입고 친구들 몇몇과 함
께 沂水의 맑은 물에서 목욕을 한 다음 舞雩臺에서 시원한 바
람이나 쏘이고, 시를 읊고 노래를 부르며 돌아오겠다고 하자,
공자는 증석의 말을 따르겠다'[61]고 한 것을 긍정적으로 수용한
것이다. 산수자연 속에서 생활하는 것이 世上事에 초연한 것
에만 의미를 둔 것이 아니라, 오히려 더 뜻을 높여 대자연의
기상을 함양하는 데에 있음을 말한 것이다.

한서암

山中의 집이라 띠로 얽으니
그 아래 흘러가는 찬 샘이 있네.
이 곳도 깃들어 즐길 만하니
아는 이 없음을 한탄하지 않네.

寒棲

結茅爲林廬
下有寒泉瀉
棲遲足可娛
不恨無知者[62]

---

61) 『論語』卷之十一, 「先進」. "子路曾晳冉有公西華侍坐, 子曰, 以吾一
日長乎爾, 毋吾以也. 居則曰不吾知也, 如或知爾則何以哉? … 春者,
春服旣成, 冠者五六人, 童子六七人, 浴乎沂, 風乎舞雩, 詠而歸. 夫子
喟然歎曰, 吾與點也."

　이 작품의 '爲林廬'는 唐, 賀知章의 詩 '主人不相識, 偶坐爲林泉'의 '爲林泉'에서 의경을 따온 것이다. 이 시에서 〈寒棲〉는 단지 차가운 샘물이 흐르는 山家의 背景일 뿐, 그 이상의 깊은 의미는 찾아 볼 수 없다. 이점은 퇴계시의 全篇에 관류하는 특징적인 사실로 지적될 수도 있다. 이 시 또한 草廬에서 생활하며 느낀 孤寂感을 바탕으로 하여 시상을 전개하고 있어, 그는 관조적인 목소리로 山中의 孤寂感을 말하고 있다. 그 고적감은 우울한 한탄을 야기하기 보다는 자신을 향하여 修養의 深境을 야기하는 것임을 고백하고 있다.

　結句의 '不恨無知者'는 곧 그의 '爲己之學'을 여기서도 잘 보여 주고 있는 것이다. '無知者'를 제조한 솜씨는 만족스럽지 못하지만 퇴계는 여기에 마음을 쓰지 않았을 것이다.

여름날 숲 속 집에서 즉흥적으로 쓰다

좁디 좁은 싸리문에 낮디 낮은 울타리라
뜨락의 섬돌이끼 비가 내려 새롭구나.
조용히 사는 이 맛 함께 즐길 사람 없어
단정히 앉아서 혼자서 즐긴다오.

夏日林居卽事

窄窄柴門短短籬
草庭苔砌雨新滋
幽居一味無人共
端坐悠然只自怡[63]

---

62)『退溪先生文集內集』卷1.

이 시는 대문과 울타리도 없이 자연과 더불어 살아가는 山翁의 삶을 보여주고 있다. 바깥짝에서 그는 '草苔'와 같이, 玩賞할 자연물은 있어도 交談할 世人이 없음을 고백하지만, 또다시 그는 이토록 한적한 전원에 살며 '幽居一味'의 묘미를 체득하게 되어 獨樂의 理致를 깨달았음을 밝히고 있다. 다시 말해 '幽居一味'를 아는 경지는 世人 없이 한가하게 지내며, 樂山樂水하는 것까지 가능할 때에 이루어진다고 하겠다. 특히 '獨坐悠然'하는 그의 모습은 『論語』의 '어진 사람은 산을 좋아하며 고요하다'[64]고 하는 풍모를 보이고 있어서 유유자적하고 침착한 것이다.

서쪽 산기슭을 읊다(1)

선명한 서쪽 기슭에
띠집 짓고 살 만하네.
예서 몸 숨기고 마음 닦으며
구름 노을과 더불어 사귀네.

西麓 (一)

悄蒨西麓
堪結其茅
以藏以修
雲霞之交[65]

---

63) 『退溪先生文集內集』 卷3, <夏日林居卽事 二絶> 其一.

64) 『論語』 卷之六, 「雍也」. "子曰 知者樂水, 仁者樂山, 知者動, 仁者靜, 知者樂, 仁者壽."

서쪽 산기슭을 읊다(2)

집 서쪽엔 푸른 산기슭

소쇄하여 幽貞을 행하기 마땅하구나.

羊仲·求仲 같은 이웃 그 어찌 없으리오

내 蔣詡 같지 않은 것이 부끄럽다오.

西麓(二)

舍西橫翠麓

蕭灑可幽貞

二仲豈無有

愧余非蔣卿[66]

첫째 首에서 그는 마치 隱士인양 俗世와는 초연한 모습으로
등장하고 있다. 세상과 동떨어져 있으면서, 山水를 애호하는
그의 모습은 '雲霞之交'를 맺기까지 한다. 그는 世人에게 기대
하지 않고, 山水와 結心戮力하는 벗이 되려 한다. 이 시에서
말하려는 본뜻은 그가 조용한 곳에서 隱士처럼 지내는 것이 바
로 '藏, 修'를 위함이라는 것이다. 그가 辭職ㅎ-고 田園에서 靜
居함은 곧 몸을 낮춰 隱身하는 것에 해당한다. 이때에 이르러
야 비로소 그는 제대로 된 수양 생활이 가능ㅎ-다고 보고 있다.
둘째 首에서는 산의 實景은 보이지 않고, 그 대신 蕭灑하여

---

65)『退溪先生文集內集』卷3, <陶山雜詠 二十六絶 五言 逐題又有四言
詩一章> 其七.

66)『退溪先生文集內集』卷3, <陶山雜詠 二十六絶 五言 逐題又有四言
詩一章 > 其七.

幽貞을 행할 만한 곳이라는 山의 意趣를 언표에 드러내고 있다. 바깥짝에서 시인은 山家 生活에서 오는 적막감, 이것이 도리어 스스로 恭敬의 狀態로 마음을 수양하지 못한 것이라 인식한다. 따라서 이 시는 경물에 대한 묘사보다는 이웃과의 인정을 그리워하는 심정을 담은 것이 되고 있다.

7월 16일에 오랜 비가 개어 자하봉에 올라 짓다

푸른 들엔 새 가을 빛
맑은 강엔 잠깐 갠 하늘이로세.
높은 봉우리는 노을 밖에 아스라한데
절집은 한 벼랑에 매달려 있네.
역력할손, 분천의 저 나무
아득히 牧谷의 연기.
우연히 찾아 들어 혼자 즐기니
행여나 속인에게 알리지 마소.

七月旣望 久雨新晴 登紫霞峯作

綠野新秋色
滄江乍霽天
高峯霞外逈
蕭寺壁中懸
歷歷汾川樹
依依牧谷烟
偶來成獨樂
莫遣俗人傳[67]

그는 靜居의 공간을 주거지에만 한정하지 않고 산수를 거닐
며 홀로 游山하기도 한다. 그의 인식의 視界는 机案의 修養工
夫에서 산수자연을 통한 獨覺의 修養으로 확대된 것이라 하겠
다. 다시 말해, 机案에서의 추상적 학문 수양을 바탕으로 하여
한 걸음 더 나아가서, 산수자연의 구체적인 형상을 보고 自覺
을 하게 된 것이다. 만일 그의 주변에 俗人들이 가득하다면
'獨樂'의 경지를 맛볼 수 없으므로, 山水마저 조용한 靜居의
공간이 되어야 함을 보여준다.

퇴계

몸이 물러나는 것은 분수에 편안하지만
학문의 후퇴는 늙으막에 걱정이라네.
시내 위에 비로소 집을 정하고
흐름을 보며 날로 반성하네.

退溪

身退安愚分
學退憂暮境
溪上始定居
臨流日有省[68]

이 시의 詩題 '退溪'는 퇴계의 고향에 있는 개울의 이름이다.

---

67) 『退溪先生文集內集』 卷2, <七月旣望 久雨新晴 登紫霞峯 作二首>
  其二.
68) 『退溪先生文集內集』 卷1.

원래의 지명은 '兎溪'였는데 퇴계가 이를 고쳐 '퇴계'로 다시 명명한 것이다. 이밖에도 퇴계는 산천경개를 玩賞하며 그 이미지에 맞게 지명을 다시 명명한 곳이 무수히 많다. 그의 泉石膏肓하는 모습은 이렇듯 적합한 이름을 지어 부르는 것에서도 확인할 수 있다.

그러나 퇴계는 이 시에서 〈退溪〉의 自然을 읊조리는 일에는 전혀 마음을 쓰지 않았으며, 자신의 귀거래의 뜻이 오로지 맑고 깨끗한 자연 속에서 편안하게 一身을 보존하는데 있지 않음을 밝히고 있을 뿐이다. 그는 생명이 다할 때까지 변함없이 聖學을 연마하여 聖人의 경지에 도달하고자 하였기 때문이다.

承句의 '暮境'에 나타난 바와 같이, 그는 이제 생명의 햇살이 점차 소멸되어 밤과 같은 죽음에 다가가고 있음을 절감한다. 그러므로 차츰 노쇠해지는 氣力으로 인하여 학업에 전념하기 힘든 나이가 되었음을 걱정하게 된다. 그럼에도 불구하고 그는 結句의 '臨流日有省'을 통해 개울물의 흐름처럼 자신도 변함없이 학문에 둔 뜻을 어기지 말 것을 다짐하고 있다. 이 시에서는 경물의 묘사는 아예 찾아 볼 수 없고 단지 개울물을 보고 이를 통해 사유하는 시인의 意趣가 보일 뿐이다.

초옥을 계곡 서쪽으로 옮기고 이름을 한서암이라 하다

초옥을 澗巖 속에 옮겨 지으니
산꽃이 발갛게 핀 철을 만났네.
古往今來 때는 이미 늦었지만

낮에 갈고 밤에 읽어 낙이 또한 무궁쿠나.

移草屋於溪西 名曰寒棲庵

茅茨移構澗巖中
正値巖花發亂紅
古往今來時已晚
朝耕夜讀樂無窮[69]

이 시는 퇴계가 생각하는 山水之樂을 직접 언표한 것이다.
結句의 '朝耕夜讀樂無窮'에서 알 수 있듯이, 그것은 晝耕夜讀
하는 즐거움이라 할 수 있다. 퇴계의 산수생활은 村翁처럼 소
박한 마음으로 곡식과 소채를 키우며 조용하게 학문을 익히는
데에 기반하고 있다. 그가 본격적으로 山水에 정착하게 된 것
은 노년에 접어들면서부터이다. 이 시기가 되자 그는 理學에
침잠하게 되었으며, 이로 인해 젊은 시절에 이룰 수 없었던 爛
熟된 학문적 깊이를 보이게 된다. 일찍이 여건이 허락되지 않
아 귀거래할 수 없었던 자신의 심정을 轉句의 '古往今來時已
晚'에 담고 있으며, 이를 통해 지난날에 대한 후회감을 드러내
기도 한다.

이 시에 나타난 景物의 世界는 단지 承句의 '正値巖花發亂
紅'을 통해 꽃이 만발하게 핀 계절임을 알리는 것으로 그치고
만다. 바위틈에 피어 있는 꽃의 아름다움 같은 것은 끝내 말하
지 않았다.

---

69) 『退溪先生文集內集』 卷1.

시냇가 집에서 이런저런 흥이 일어

파란 노을 밖에 땅 뙈기 사서

해맑은 시내 곁에 옮겨 사노라.

속속들이 들여다 볼 수 있는 건 水石이라면

보다 큰 구경거리는 松林과 竹林뿐이네.

고요 속에 사철의 佳興 구경코

한가로이 지나간 芳香 살피네.

싸리문 외떨어져 좋으니

내 할 일은 書牀뿐일세.

溪居雜興

買地靑霞外

移居碧澗傍

深耽惟水石

大賞只松篁

靜裏看時興

閒中閱往芳

柴門宜逈處

心事一書牀[70]

이 시는 얼마 안 되는 좁은 땅 뙈기를 살림의 토대로 하면서
이를 자족해하는, 학자의 전원생활을 담고 있다. 도학자의 전
원시는 대체로 자연물을 관조하거나, 응시하는 가운데 格物致
知가 이루어지는 것으로 되어 있다. 이 시는 도학자풍의 정서

---

70) 『退溪先生文集內集』 卷1, <溪居雜興 二首> 其一.

를 보이지 않음은 물론 더하여 '나 요즈음 이렇게 살고 있소.' 와 같은 식으로 마치 누군가에게 살아가는 모습을 진솔하게 말하고 있는 듯하다. 그러므로 '水, 石, 松, 竹'의 의미를 깊이 캐지 않으며, 이들과 함께 살아가는 삶의 즐거움을 드러내는 것이다.

程子(程顥)조차도 그의 〈秋日偶成〉에서 '四時佳興與人同'이라 하여 시절의 興致도 사람과 같다고 하였지만, 퇴계에게 '시절의 興致'는 바라보는 대상이 되고 있을 뿐('看時興'), 인간들의 삶과 관계를 짓는 데까지 이르지 않고 있다.

또한, 尾聯 下句의 '心事一書牀'을 통해, 작품의 정서를 興致로만 끝맺지 않고, 정서를 한번 경건하게 가다듬는다. 다시 말해, 그는 이러한 생활을 하면서도 마음의 중심은 항상 학업에 전념해야 함을 잊지 않고 있음을 보여 주고 있다.

한서암에서 비가 온 뒤에 쓰다

후두두 흩뿌리던 간밤 빗소리
아침에 일어나니 산이 젖었네.
묵은 구름 응어리 반쯤 풀리고
시냇물은 흐름 다시 거세차구나.
바윗골 숲들이 햇볕 맞으니
온갖 초록 새로 목욕을 한 듯.
농사꾼은 들에 가자 서로 부르고
고운 새는 울음조차 정다웁구려.
띳집이 일이 없고

圖書만이 네 벽에 가득찼다오.
옛사람은 여기에 있질 않지만
그 말 속에 남은 향기 넘쳐흐르네.
바라고 바라노라, 三益의 벗이
三徑으로부터 와 읽어 주기를.

寒棲雨後書事

浪浪夜雨聲
朝起靑山濕
宿雲半解駁
澗水流更急
巖林迎光景
衆綠如新沐
野人相喚出
幽鳥語款曲
柴荊澹無事
圖書盈四壁
古人不在玆
其言有餘馥
望望三益友
來從三徑讀[71]

이 시에서도 제목의 〈書事〉 그대로 사실을 있는 대로 기록
하고 있을 뿐 外景을 꾸미는 일에는 최대한도로 억제하고 있

---

71) 『退溪先生文集內集』 卷1.

다. 퇴계는 주위의 경치를 둘러보며, 비온 뒤의 청명한 날씨에 모든 것이 새롭게 약동하는 듯한 느낌을 받고 있다. 그가 본 자연의 모습은 動的인 感覺으로 묘사되어 있다. 빗방울의 움직임과, 먹구름의 이동, 불어난 개울물의 세찬 물살, 분주한 농부의 환호, 산새의 노랫가락 등이 그러하다. 이처럼 조물주는 비를 내려서 자연의 질서를 다시 한번 새롭게 정렬케 하는 것 같다.

그는 이러한 자연 속에 귀의하여, 아무 탈이 없는 자신에 대해 스스로 '無事'하다고 고백한다. 그는 마음을 비우고 학문에 전념하기 때문에 무탈하게 살아갈 수 있음을 다행으로 여기고 있다. 그는 전원에서 성현의 예던 길을 가고 있는 것이 바로 스스로 安分知足하는 것이라 생각한다. 게다가 益者三友까지 집으로 찾아 준다면, 이보다 더한 바람은 없을 것이라는 기대를 할 따름이다.

立秋에 계당에서 쓰다(1)

묵은 안개 갓 걷히자 새벽 해 밝아오니
찬 시내 외진 골짝 모두 다 蒼凉하다.
병중에 있는 몸은 겨우 調攝했는데
貧窮 속에 田園은 묵은 것이 반이로세.
벽에 가득한 圖書는 내 홀로 즐기는 것
왼 뜨락 성한 풀은 뉘를 위해 아꼈는가.
가을 오니 마음 맞은 벗들과 언약하여
맑은 바람 밝은 달에 낚싯배에 오르련다.

立秋日 溪堂書事(一)

宿霧初收曉日鮮
寒溪幽壑共蒼然
病中軀體纏溫攝
窮裏田園半廢捐
滿壁圖書常獨樂
一庭烟草爲誰憐
秋來又約同襟子
明月淸風上釣船[72]

　이 시에서 그의 전원생활은 물질의 困窮과 마음의 獨樂이 대비된 가운데 이원적으로 묘사되어 있다. 이 시에 등장하는 경물은 곤궁함 속에서 病魔로 고생하는 자신의 모습이 투영된 것이어서 寒氣의 蒼凉함이나, 애처로운 존재로 묘사된다.

　頷聯 下句에서는 농기구가 없다든지 아니면, 남한테 田畓을 맡길 정도의 경제적 여건이 뒷받침되질 않으므로 땅 뙈기마저도 묵히며 사는 삶임을 보여준다. 이를 통해 그가 마치 簞瓢로 살아가는 顔回와 같이, 다만 최소한의 의식으로 충족하며 살고 있음을 알 수 있다. 『論語』에 의하면, 孔子는 빈궁한 생활에 만족하는 顔回를 칭찬하여, 막대한 致富에 성공한 子貢보다 더 고귀하게 평가하면서, 最低의 生活에서도 最高의 理想을 변치 않아야 함을 권장하였다.[73] 퇴계 또한 공자의 뜻에

---

72) 『退溪先生文集內集』 卷2, <立秋日 溪堂書事 三首> 其一.
73) 『論語』 卷之六, 「雍也」, 卷之十一, 「先進」 참조.

합치하는 삶을 살고자 하였으므로, 그의 理想인 聖學의 完成
을 위해 뜻을 굽히지 않고 생활한다.

  따라서 이 시에 담긴 意趣는 '獨樂'으로 압축되어 있으며, 이
것은 곧 학문에 몰두하는 즐거움이 자신의 뜻한 바이며, 전원
생활을 통해 이를 실현하고 있다는 것을 밝힌 것이다. 溪堂의
秋日을 그려내는데 마음 쓰는 일이 없어 전편에는 寒窮과 讀
書의 樂이 있을 뿐이다.

立秋에 계당에서 쓰다(2)

마른 벼 비에 깨어나 온 이랑 푸르른데
돌시내 맑은 물 불어나 옥구슬을 깨뜨리네
불구름 더운 날은 진실로 어제인 듯한데
짙은 숲 찬 매미는 으스스 가을이어라.
뜰에 가득 국화 심어 晚年의 삶 의존하고
못에 사는 고기 구경 天游를 터득하네.
蟣虱 같은 이 몸이 聖朝에 무슨 도움
파직 처분 바라는 것은 내가 祈求하는 것일세.

立秋日 溪堂書事(二)

霈澤蘇枯綠滿疇
石溪淸漲碎琳璆
火雲赫日渾如昨
淸樾寒蟬颯已秋
種菊盈庭存晚計
觀魚在沼得天游

聖朝微物如蟣虱
鐫罷深祈協所求[74]

퇴계는 가을이 오는 길목에서, 남 먼저 가을이 오는 소리를 듣는다. 불볕 여름이 어제 같은데 서늘한 바람에 가을을 감지한다. 그러나 그가 바라는 삶은 '種菊'과 '觀魚'이며 그가 祈求하는 것은 파직되어 돌아오는 것뿐이다. 頸聯 上句의 '種菊盈庭存晚計'는 菊花를 심어 晚年의 계획을 도모하고 있음을 보인 것인데, 국화는 隱士의 志節을 상징하는 것이기도 하다. 그래서 그는 연못에 노니는 물고기의 움직임을 보며, 이것이 곧 '天游', 즉 天然의 遊泳임을 깨달아서 처세의 이치를 터득하는 데까지 이르게 된다.

그의 처세는 벼슬자리에서 영달하는 것이 아니어서, '蟣虱'과 같은 '微物'로 自嘲한다. 그는 서둘러 파직이 되어야만 자신에게 내린 天命을 행할 수 있다고 본 것이다. 곧 자연에 귀의하여 학업에 정진하는 實行만이 방법의 전부이기 때문이다. '微物'과 '蟣虱', '深祈'와 '所求'를 중복하고 있는 것도 그의 志趣를 과다하게 노출시킨 결과임은 물론이다.

천연대

높은 대의 조망이 짝이 없이 시원하니
이제는 온갖 일을 강 낚시에 맡기려네.

---

74)『退溪先生文集內集』卷2, <立秋日 溪堂書事 三首> 其二.

맑은 하늘엔 솔개 유유히 날아가고
반짝이는 물결엔 발랄하게 고기떼 뛰노는구나.
바람 쏘이는 그 멋이야 설명조차 어렵거니
壽樂을 부르자면 몸 밖에서 찾을 건가.
늙은 나는 세월을 헛되이 보냈는데
어찌 다행히 옛 책에서 숨은 이치 발견할 수 있었던가?

天淵臺

高臺臨眺敞無傳
萬事如今付釣洲
綃幕悠揚雲翼逸
金波潑剌錦鱗游
風雩得處難名狀
壽樂徵時詎外求
老我極知蹉歲月
遺編何幸發潛幽[75]

　이 시는 퇴계가 마주한 경물이 바로 天淵의 理致와 부합하고 있어서, 山水之樂에의 感興으로 시작한다. 그는 자연을 응시하는 가운데, 온갖 세상일을 잠시 잊게 되는 物心一如한 상태에 이르고 있다. 그가 터득한 자연의 이치는 그야말로 자연스러움 그 자체이다. 頷聯에서 솔개와 물고기의 움직임은 百聞不如一見이어서 눈으로 직접 확인하는 것 말고는 인위적인 설명이 불필요할 만큼 자연스러운 것이다. 그는 산수자연을 경

---

75) 『退溪先生文集內集』 卷3.

험하는 가운데, 체득되는 진리가 분명히 있음을 말하고 있다. 頸聯 上句에서도 이와 마찬가지로 전원에서 풍류의 묘미란 것은 직접 경험하지 않고는 알지 못하는 것이다. 퇴계는 이 시를 통해 학업을 겸행한 전원생활이어야 진정한 知行合一이 이루어짐을 보여준다.

바람을 만나

오늘은 큰 바람이 불어 와서
백 아름의 고목을 뒤흔드누나.
소리가 웅장하여 萬馬가 치달리고
기세가 몰아쳐서 九溟이 뒤집히네.
우습구나, 나는 병든 몸이 되어
문 굳게 닫고 스스로 움츠리고 있으니.

值風

今日大塊噫
簸撼百圍木
聲雄萬馬驅
勢劇九溟覆
笑我爲病軀
牢關自縮恧[76]

이 시를 통해 산수자연도 때로는 安居의 空間이 되지 못할 경우도 있음을 보여준다. 그는 이 시에서 안거의 공간을 위태

---

[76] 『退溪先生文集內集』 卷2, <游山書事 十二首 用雲谷雜詠韻> 其二.

롭게 하는 태풍의 위력 즉, 자연의 위력을 묘사하고 있다. 전쟁을 방불케 하는 폭풍우의 위력은 그로 하여금 危多安少한 상황에 이르게 한다. 하지만 그는 이것에 아랑곳하지 않으며, 노쇠해진 몸을 가누어 고요히 칩거할 따름이다. 그에게는 오히려 폭풍우가 찾아온 날이 靜居를 할 수 있는 讀書三餘의 날이기 때문이다. 그의 경물시는 모두 맑은 날 유람할 때의 의취만을 담고 있는 것이 아니라, 이처럼 궂은 날 靜居의 志趣를 담고 있기도 하다. 이 시는 전원생활의 陰影을 함께 보여준다.

2. 登樓의 意味

퇴계는 樓亭詩에 있어서도, 實景을 묘사하는 敍景은 하지 않고, 대상의 내재적 의미를 확인하거나 드러낸 시편은 매우 많다. 그는 직접 樓에 올라 눈앞에 펼쳐진 實景을 조망하게 될 때에도, 있는 그대로의 外景을 그려낸다거나, 자연의 흥취를 읊조리기보다는 오히려 그 속에 담겨진 톱변의 이치를 확인하는데 마음을 썼다.

樓亭詩는 景物詩 가운데서도 핵심을 이루는 부분이다. 누정은 맑은 물과 아름다운 산을 좋아하므로, 背山臨水의 勝地에 자리하는 것이 일반적이다. 그러므로 누정의 기능은 詩人墨客들에게 玩賞의 空間으로 제공되어온 것이 일반적이다. 그러나 퇴계에게 누정은 이러한 通俗과는 먼 거리에 있다. 누정과 周邊景觀은 遊賞의 대상으로 중요한 것이 아니라, 작가 자신과

자연경관이 그렇게 있는 이유 즉 내재하는 理를 찾아내는데
필요로 하는 관조의 대상이 되고 있는 것이다. 다음의 〈景濂
亭〉도 이러한 사실을 확인하기에 충분하다.

경렴정

풀에는 한결같은 뜻이 있고
시냇물은 끝없는 소리를 머금고 있네.
流浪하는 사람들은 믿지 않을지 모르지만
씻은 듯이 깨끗한 한 정자일세.

景濂亭

草有一般意
溪含不盡聲
遊人如未信
蕭灑一虛亭[77]

景濂亭은 紹修書院 입구에 있는 亭子다. 이 작품 〈景濂亭〉
은 지금도 이 亭子에 편액으로 걸려 있다. 이 亭子와 周邊 景
觀을 꾸미는 일은 거들떠보지도 아니하고 자신과 풀, 그리고
시냇물에 함께 내재하는 '理'만 말하고 있을 뿐이다.

청풍의 한벽루에서 묵으며

반평생 北山 神靈에 부끄러운 걸 어이하리오

---

77) 『退溪先生文集別集』 卷1.

邯鄲枕 허황한 꿈을 오래도록 못 깨다니.

어둘녘 나그네길 역마를 재촉하여

맑은 밤 좋은 집에 구름 병풍 대했노라.

勝地에 다시 오니 학을 탄 것 같고

값진 시 답하자니 반짝이는 반디 같네.

두견아, 네 울음은 호소하는 것이 무엇이냐

하이얀 저 배꽃은 빈 뜰에 자옥한데.

宿清風寒碧樓

半生堪愧北山靈

一枕邯鄲久未醒

薄暮客程催馹騎

清宵仙館對雲屛

重游勝地如乘鶴

欲和佳篇類點螢

杜宇聲聲何所訴

梨花如雪暗空庭[78]

한벽루는 충청북도 청풍면 읍내리에 있던 것으로 1985년에 충주댐이 건설되면서 물태리로 옮겨진 누각이다. 이 건물은 고을 수령이 거처했던 관아의 부속 건물로 고려 충숙왕 4년(1317년)에 세워진 이후 명승지로 알려지게 되었다.

頷聯과 頸聯의 '仙館', '雲屛', '勝地'는 한벽루 주위의 풍광이 絕景임을 나타내며, 이 시의 興感을 집약한 말이기도 하다.

---

78) 『退溪先生文集內集』卷1.

그러나 퇴계는 여기에서도 實景을 묘사하는 敍景 대신에, 마음속의 감회를 자신의 내면풍경으로 하여 이것이 마음 밖의 자연 현상과 조화됨을 나타낸다. 따라서 이 시의 분위기는 首聯의 '堪愧', '未醒'과 尾聯의 '聲何所訴'에 응축된 술회적 정감으로 나타나고 있다. 首聯 上句는 자연에 귀의할 뜻을 소원하면서도 관직 생활을 버리지 못하는 自愧感과 관련된 것이다. 그 下句는 심기제의 『침중기』에 나오는 邯鄲之夢 이야기를 근거로 하여 出仕의 덧없음을 알면서도 歸田園할 수 없음을 탄식하고 있다.

시인의 意趣는 '淸宵'와 '空庭'을 통해 알 수 있다. 淸空한 마음이야말로 시인이 말하고자 하는 의취의 핵심인 것이다. 청공한 마음은 일찍이 동양인이 추구해온 이상적인 마음의 세계이다.[79] '空'은 욕심을 비운 마음을 뜻하고, '淸'은 景物을 대하는 시인의 마음상태의 자유로움과 관련된다고 할 수 있다. 淸空의 情緒는 시인 자신의 마음이 격정에 치닫지 않고, 오히려 거기에서 여과된 맑고 고요한 意趣임을 알 수 있다. 다시 말해, '淸宵'와 '空庭'은 시인의 감정 상태를 알리기 위한 경물에의 묘사라 하겠다. 시인의 高遠, 淸淡한 의취가 物景 속에 이입된 것이라 할 수 있다.

또한, 이 시의 의취는 시인 자신의 恭敬한 자세를 통해 터득된 것이기도 하다. 頸聯의 '點螢'은 자신의 시편은 섬광을 발

---

79) 원종례, 「시론을 통해 본 중국인의 淸空美 편애에 대한 문학사회학적 연구」, 『中國詩와 詩論』, 현암사, 1993, 992면.

하는 大作이 아니라 반딧불의 희미한 반짝거림 정도로 보잘 것이 없다고 겸손해 한 것이다. 한편, 그는 尾聯 上句의 '杜宇'를 통해, 두견이라는 자연물에 감정을 이입하는 기법을 쓰고 있다. 이 시에서 두견이는 시인의 移情作用을 위한 詩材이지만, 實景속의 새가 아닌 心景속의 새일 수 있다. 이를테면, '杜宇'는 시인의 고독감에서 비롯된 마이너스적 정서를 나타내기 위해 필요한 詩材인 것이다.[80] 다음의 시 〈錦江亭〉에서도 두견이가 移情作用을 위한 詩材로 작용하고 있다.

금강정

산을 찢는 두견 울음 어느 해나 다할런지
蜀의 錦江과 이름 같음 우연이 아니로세.
명멸하는 새벽 처마 아침 해를 맞이하고
소슬한 지붕머리엔 가을 연기 걸렸어라.
푸른 못에 단풍 비쳐 고기는 깁에서 놀고
절벽에 구름 일자 두루미는 깃털을 밟네.
도인과 다시 약속하며 鐵笛 길게 불어
잠자는 늙은 용을 일깨워 보고 말리라.

錦江亭

鵑啼山裂豈窮年
蜀水名同非偶然
明滅曉簷迎海旭

---

80) 鄭　　珉, 「한시 속의 두견이와 소쩍새」, 『韓國漢詩研究』9, 태학사, 2001, 71면.

飄蕭晚瓦掃秋煙
碧潭楓動漁游錦
靑壁雲生鶴踏氈
更約道人携鐵笛
爲來吹破老龍眠[81]

　　錦江亭은 세종 10년(1428년)에 건립된 것으로, 강원도 영월읍 영흥리에 있는 정자이다. 퇴계는 첫 번째 詩材로써 두견이를 들고 있다. 首聯의 '山裂'은 '山竹裂'이 원말이며, 두의가 蜀에 있을 때 두견이가 山竹에서 구슬프게 우는 것을 보고, 山竹이 슬픈 두견이를 위해 쪼개어질 것을 상상하고는 山竹이 쪼개어지면 그도 또한 돌아가리라는 기약을 했다는 이야기에서 비롯된다.[82]

　　頸聯에서는 두 번째 詩材로 물고기와 두루미가 등장하고 있다. 그들은 자연의 조화로운 이치를 나타내기 위해 설정된 것으로, 鳶飛魚躍의 理致와 다를 바 없다. 이렇듯 퇴계에게 있어서 금강정은 삶의 이치를 확인하는 사유의 공간이 되고 있을 뿐이다. 그러므로 尾聯에 이르러 지금 이곳이 바로 隱者 유겸도가 鐵笛을 불던 탈수정과 마찬가지로 자신에게 귀거래의 의취를 되새기게 하는 뜻 깊은 장소임을 밝히게 된다.

---

81)『退溪先生文集內集』卷1.

82)『국역 퇴계시』Ⅰ, 한국정신문화연구원, 1990, 35면, 재인용.

봉정사의 서루에서 차운하다

법당 서쪽 가에 가로 솟은 한 다락
신라에서 세운 이래로 成毁가 몇 번이던가?
佛이 天燈을 내렸다니 이는 진정 幻術이요
胎가 王氣를 일으킴도 實情이 아니겠지.
산이 비를 머금으니 색이 짙어 음침하고
새가 봄을 보내자니 부르는 듯 우짖는구나.
젊은 시절 지나다가 棲宿하던 곳
허명에 주저앉은 백발이 한탄스럽네.

鳳停寺 西樓 次韻

梵宮西畔一樓橫
創自新羅幾毁成
佛降天燈眞是幻
胎興王氣定非情
山含欲雨濃陰色
鳥送芳春款喚聲
漂到弱齡棲息處
白頭堪歎坐虛名[83]

西樓는 안동 근변의 천등산에 있는 누각으로, 신라의 능인
선사가 세운 사찰 봉정사에 부속되어 있다. 首聯에서는 신라
이후로 역사의 성쇠를 겪으며, 지탱하여 온 누각을 바라보고
있다. 寫景은 간 곳 없고 퇴계는 頷聯에서 절의 緣起說話를

---

83)『退溪先生文集內集』卷4.

미루어 보며, 그것이 아무리 먼 옛날의 이야기이지만, 架空 潤
色된 것이라 여기고 있을 뿐이다.

그는 格物致知하는 儒者의 입장이므로, 幻夢的 세계에는 무
심하고 이 시를 통해 밝히려는 意趣는 아마도 頸聯에서 암시
하듯이, 궂은 날씨로 인한 山寺의 樓閣의 음침한 분위기와 관
련되리라 여겨진다. 이러한 분위기 때문에 침울해진 그는 마음
속을 가로지르는 심상의 두 모습, 즉 지난 날 이 곳에서 학문
에 몰두하던 모습과 오늘날 관직에 얽매어 본심을 저버린 자
신을 탄식하고 있다.

양심당

아름다운 우산 나무는 양과 도끼가 망치는데
더더구나 人心이 날로 서로 해치는가?
天理와 人慾의 엇갈림을 오래 전에 알았으니
가는 티끌 날려 보내 거울 빛을 가릴세라.

養心堂

美木齋山釜與羊
人心何況日交戕
久知理欲相消長
莫遣微塵翳鏡光[84]

---

84) 『退溪先生文集內集』 卷3, <權貳相景由 江亭 三絕> 其三.

척 금 헌

化넓힘과 때 걱정에 累도 따라 깊어지니
湖山이라 좋은 곳에 때묻은 가슴 씻어내네.
원컨대 임은 다시 調元하는 손을 씻어
鹽梅로 간 맞추고 임금 마음 윤낸다오.

滌襟軒

弘化憂時累亦深
湖山佳處滌塵襟
願公更洗調元手
和了鹽梅沃了心[85]

위의 두 시는 전라북도 정읍군 칠보면에 위치한 江亭에서
작시한 것이다. 이 시들은 副題까지 자세히 붙이고 있어, 퇴계
가 말하려는 것이 무엇인지 헤아리기 어렵지 않다.

첫 번째 시에서 '天理'는 인욕을 억제하고 仁義의 도를 세우
는 것에서 깨달아진다. 그는 하늘의 도를 세움은 음과 양이요,
사람의 도를 세움은 인과 의라 하여, 사람이 人極을 세우면 천
지와 더불어 함께 참여케 된다고 주장한 바 있다.[86] 그는 우주
에서 인간의 주체지위를 인식하여, 田園에서 天地와 함께 하
며, 나름대로 人極을 세우기 위해 정진하며 살았다. 이러한 그
의 지론이 바로 이 시의 意趣라 생각된다. 즉 이 시는 實景이

---

85) 『退溪先生文集內集』 卷3, <權貳相景由 江亭 三絶> 其二.

86) 周月琴, 「性理文化에 대한 退溪心學의 思想的 寄與」, 『퇴계학 국제
    학술회의 논문집』, 안동대 퇴계학연구소, 1998, 69-70면.

없이, 단지 인욕이 天理를 가리운 것을 염려하여 스스로 경계
하려는 뜻을 담고 있다.

두 번째 시에서 퇴계는 勝景地에 살면서 인간 세태에 찌든
마음을 씻어 버리고, 이로 인하여 世道人心에 累를 끼치지 않
겠다는 다짐하고 있다. 이 시의 의취는 흉금에 자리한 때 묻은
마음을 洗雪하겠다는 것이다. 바깥짝은 道友 권경유에게 부디
결신하여 朝廷에서 鹽梅의 역할을 잘 하도록 당부하기도 한다.

천연대

새 날고 고기 뜀이 누가 시켜 그러한가
流行이 활발하니 천연 이치 오묘하구려.
江臺라 종일토록 마음과 눈이 열려
대작의 明誠編을 세 번 거듭 외운다오.

天淵臺

縱翼揚鱗孰使然
流行活潑妙天淵
江臺盡日開心眼
三復明誠一巨編[87]

이 시는 그가 자연 속에서 새가 날고 물고기가 뛰노는 천연
의 이치를 보고, 心眼이 열리게 된 상태임을 말해준다. 특히
안짝을 통해, 江臺에서 생동하는 자연물의 生生之理를 체득하

---

87) 『退溪先生文集內集』 卷3, <陶山雜詠 十八絶> 其十二.

고, 그도 또한 자신의 生生之理를 최대한 활용할 것을 깨닫게 된다.

이 시의 의취는 '明誠'에 담겨 있으며, 이는 그가 자연에서 誠의 본질인 天道를 보고, 자신 또한 마땅히 인간 본연의 道인 性을 생각한다는 것이다. 이시에서도 實景의 敍景은 단지 의취를 알리기 위한 예비적 역할을 할 뿐이다. 『中庸』의 '誠'은 過不及이 없는 상태에서 道를 위해 노력하는 자세를 말하는 것으로, 이는 일시적 행위가 지속적으로 행해짐을 이르는 것이다. 퇴계 역시 이를 염두에 두고 작시한 것이라 생각된다.

암서헌

曾子는 顔子더러 實若虛라 칭했는데
屛山이 처음으로 晦翁을 引發했네.
巖栖의 깊은 뜻을 늙마에야 알았으니
博約 淵氷 스스로 소홀할까 두렵구려.

巖栖軒

曾氏稱顔實若虛
屛山引發晦翁初
暮年窺得巖栖意
博約淵氷恐自疎[88]

안짝의 '曾子, 顔子, 屛山, 朱晦翁'은 옛 성현을 대표하는 인

---

88) 『退溪先生文集內集』 卷3, <陶山雜詠 十八絶> 其二.

물을 예로 든 것이다. 이 시는 實景이 전혀 나타나지 않으며, 바깥짝의 '巖栖意'에서 알 수 있듯이, 의취를 말하려 쓴 것임을 알려줄 뿐이다. 이 시의 의취는 안짝의 '實若虛'와 바깥짝의 '博約淵氷'에 담겨 있다. '實若虛'에 담긴 의취는 虛靜한 마음을 뜻한다고 하겠다. 孔子처럼 자아에 대한 모든 집착, 즉 아집이 없는 상태가 바로 이것이다. 이렇게 되면, 거친 밥을 먹고 물을 마시며, 팔을 굽혀 베개 삼고 있어도, 걱정이 없으며, 즐거움을 유지할 수 있다.[89]

'博約淵氷'에 담긴 의취는 謹愼의 마음이다. 이는 『詩經』[90]에서 유래한 말로써, 張蘊古가 '모든 일을 다루는데 있어서, 살얼음을 밟듯 조심하고 깊은 못에 이른 듯 경계하며, 추호라도 바른 道에서 벗어날까 두려워하여, 周의 文王처럼 삼가고 두려워하는 마음을 온전히 본받아야 한다'[91]고 설명한 말이기도 하다. 이렇듯 퇴계는 경물시를 제작하면서도 변함없이 修己의 뜻을 밝히고 있는 것이다.

3. 實景의 仙的 認識

退溪의 景物詩에 나타난 仙的 趣向은 그가 속세의 때를 묻히는 것을 원치 않을뿐더러 신선의 공간으로 인식된 山水에서

---

89) 『論語』 卷之七, 「述而」. "飯蔬食, 飮水, 曲肱而枕之, 樂亦在其中矣."

90) 『詩經』 「小雅」. "戰戰兢兢, 如臨深淵, 如臨薄氷".

91) 『古文眞寶』 後集 卷之五, 「大寶箴」. "撫玆庶事, 如履薄臨沈, 戰戰慄慄, 用周文小心."

의 생활을 원하고 있음을 보여준다. 그의 귀거래 생활은 정신
적인 자유로움을 추구하기 위함이다. 그는 시를 통해 仙的 超
越을 꿈꾸어 보며, 이를 위하여 스스로 마음을 비우기도 한다.

여주목사 이순 공과 훈도 이여와 함께 신륵사에 노닐다

어수선한 서울 일들 한 꿈인 양 아득한데
임을 따라 애오라지 고요한 곳에 노니네.
새벽이자 강산은 그림 펼치고
갓 갠 뒤라 누각은 유월이 가을.
皇極內篇 問議는 진리의 탐구라면
신선을 말할 때 바로 時流를 사절하시려오.
조각배 고이 띄워 내려오니
백구야 네 가까워 반갑구나.

與驪州牧李公純·訓導李畬游神勒寺

京洛風塵一夢悠
從公聊作靜中游
江山曉作雙眸畫
樓閣晴生六月秋
問數可能探理窟
談仙直欲謝時流
歸來穩放輕舟下
自喜猶能近白鷗[92]

---

92) 『退溪先生文集內集』卷1.

이 시는 그가 知友들과 신륵사 주위의 風光 속에서 遊樂하며 지은 것이다. 首聯은 朝市의 어수선한 생활을 잠시 접어두고 훌쩍 江湖로 떠나온 심정을 담고 있다. 이를 통해 朝市에서의 宦路生活 역시 변화무쌍한 人間事의 가변적인 세계에 기반을 하고 있어서, 一場春夢에서 깨어나듯이, 곧 부귀영화의 허무함을 깨닫게 되었음을 고백한다. 그가 변함이 없는 山水의 世界를 目睹하고, 비로소 자신 또한 변함이 없는 가치를 지향할 것을 깨닫고 있기 때문이다.

頷聯에서는 그의 눈앞에 펼쳐진 實景 자체에도 관심을 보이게 된다. 하지만 그는 경물에 대한 세밀한 묘사는 하지 않고 다만 山水畵를 대하는 것 같다고 하여, 산수에 대한 感銘을 묘사하는 것에 만족할 뿐이다. 그는 시의 意趣를 중요하게 여겼으므로, 頸聯을 통해, 자신의 뜻을 밝히고야 만다. 그는 혼탁한 塵世를 떠날 수만 있다면 차라리 신선이 되어도 좋음을 고백하기 때문이다. 그는 애써 신선이 되려고 노력하는 것이 아니라, 塵世의 때를 묻히는 것을 혐오하여, 신선의 공간으로 인식된 산수에서 살 것을 원하였던 것이다.

농암 이선생이 한서암에 오시다

맑은 시내 서쪽에 띳집을 얽었으니
俗客이 어찌 일찍이 문 열라 두드렸던가?
산 남쪽 老 神仙 가마에 몸이 실려
온갖 꽃이 우거진 그 속을 뚫고 왔네.

李先生 來臨寒棲

淸溪西畔結茅齋
俗客何曾款戶開
頓荷山南老仙伯
肩輿穿得萬花來[93]

이 시는 퇴계가 평소 흠모하던 聾巖 李賢輔를 자신의 山家에서 만날 때의 감회를 노래한 것이다. 안짝은 그의 일상이 利源과는 상관없이 山家로 移寓하여 소박하게 살고 있어서, 私利를 도모하는 俗人들의 왕래 또한 없는 한ㅈ한 생활임을 고백하고 있다. 이럴 때 이루어진 농암의 枉臨은 그에게 여간 반가운 일이 아닐 수 없다.

바깥짝 上句에서 그는 歸隱하여 신선처럼 한가하게 살고 있는 농암을 아예 老仙이라 지칭한다. 그 老仙은 때마침 花時를 맞아 花林이 된 形形色色의 山水를 賞春한다. 이 시에 나타난 농암은 세속의 번잡함을 초탈하여, 진정한 賞自然의 뜻을 가진 인물임을 비유한 것이라 여겨진다. 이렇듯 그의 경물시는 산수자연에 대한 묘사보다는 자신의 남다른 뜻을 밝히려는 점이 특징적이라고 하겠다.

계당에서 우연히 흥이 나서

游仙의 베개에 이미 잠이 붙었지만
도로 창을 열고 주역을 읽네.

---

93) 『退溪先生文集內集』 卷1.

千鍾 祿 손으로 챌 것이 아니고
여섯 벗(松竹梅菊蓮己)이 바로 내 心服이라오.

溪堂偶興

已著游仙枕
還開讀易窓
千鍾非手搏
六友是心降[94]

　이 시는 溪堂에 거처하면서 느낀 정감을 바탕으로 한 것이다. 계당은 山家로써 그의 한적한 생활공간이다. 이 시에서는 그가 생각하는 歸去來의 理想과 현실적 모습을 감지하게 된다. 그의 귀거래의 理想은 정신적 자유로움을 추구하는 경향을 띤다. 그가 겪은 塵世의 모든 일 가운데에는 정신적 스트레스를 발생케 하는 것들이 더 많기 때문이다.

　그가 이러한 것들로부터 벗어나기 위해 脫俗하여 귀거래를 꿈꾸어, 자칫 그가 神仙의 경지를 지향하는 것처럼 느낄 수도 있다. 그는 신선같이 속세와 완전히 별리된 존재로 볼 수만은 없다. 안짝에서 나타나듯이, 그가 정신적인 안정감을 회복하게 되면 곧 聖學에의 精進을 예의 행하며, 聖學으로써 완전한 인간으로의 완성을 도모하기 때문이다. 그는 스스로 인간임을 부정하여 신선을 지향한 것이 아니라, 인간임을 긍정하고는 완전한 인간이 되어 신선 못지않은 至人의 경지를 지향한 것이다.

---

94)『退溪先生文集內集』卷2, ＜溪堂偶興 十絶＞ 其六.

바깥짝 上句에 나타난 바와 같이, 벼슬에 뜻을 두지 않음은 당연한 결과이며, 그 下句에서 밝히듯이, 그에게는 오로지 자신에게 至人의 뜻을 고취시키는 자연의 벗이 있을 따름이다.

황강의 배 안에서 화창함을 기뻐하며
  오늘에야 날이 개어 처음으로 따뜻하니
가는 배 한들한들 白鷗도 날래구나.
복사꽃 뜬 물결을 기다려 무엇하리
푸른 빛 넘실대는 仙源으로 조이 가세.

黃江舟中 喜晴
今日天晴暖始生
歸舟搖蕩白鷗輕
何須更待桃花浪
綠漲仙源正好行[95]

이 시는 그가 知友들과 함께 船遊하는 모습을 담고 있다. 물위에서 배를 타고 賞自然하는 것은 귀거래 생활의 또 다른 즐거움이다. 그의 경물시에는 樂山의 즐거움 말고도 이처럼 樂水의 즐거움을 시화한 것이 많다. 白鷗만이 유유자적하게 그의 주위를 旋回하는 풍광을 玩賞하며, 그는 塵世의 일을 잊은 것처럼, 仙的인 초월의 경지를 꿈꾸게 된다. 그가 꿈꾸는 仙的인 초월의 경지는 자기 스스로 마음을 비울 때 이루어진

---

95) 『退溪先生文集內集』 卷2.

다. 마음 밖의 세상이 아무리 武陵桃源같이 평화로운 곳이라
하더라도 자신의 마음이 혼탁해져 있으면, 그것을 느낄 여유가
없음은 물론이다. 그는 무릉도원만이 仙人 世界의 樂園이 아
니라, 內心으로는 지금 여기가 바로 그러한 평화롭고 만족스
러운 곳이라고 생각한다.

7월 16일에 오랜 비가 개어
자하봉에 올라 짓다

들 트이고 하늘 높고 장맛비 개었는데
푸른 산 감돌아 푸른 물결 소리치네.
짐짓 알겠네, 산수의 끝없는 흥을
번거로운 저 俗累에 얽히지 말자구나.

七月旣望 久雨新晴 登紫霞峯作

野曠天高積雨晴
碧山環帶翠濤聲
故知山水無涯興
莫使無端世累攖[96]

이 시는 오래간만에 장맛비가 개이고 화창한 날을 맞이하여,
山高水淸한 山水를 완상하게 된 정감을 담고 있다. 안짝을 통
해 그는 더운 여름날의 綠陰이 비로 인하여 한결 짙푸르게 보
이는 가운데 자연의 생동감이 活畫와 같음을 보여준다. 안짝

---

96) 『退溪先生文集內集』 卷2, <七月旣望 久雨新晴 登紫霞峯 作二首>
　　其一.

은 마음 밖의 자연의 세계를 묘사하는데 비하, 바깥짝은 그가
마음으로 체득한 賞自然의 意趣를 보여준다. 바깥짝은 山水로
부터 환기된 맑은 마음이 田園에 있어야만 그 신선한 境界를
유지할 수 있음을 말하고 있다.

　현재의 그가 安存한 곳은 바로 塵世로부터 멀리 떨어진 곳
이라 이것을 유지할 수 있을 것이라 생각한다. 일단 塵世의
일에 얽매이게 되면 이것은 마음속에서 헛되이 허물어지게 되
기 때문이다. 이 시에서는 塵世와 격리된 仙境 속에서 맑은
마음을 보존하려는 그의 뜻이 담겨져 있다.

채소밭

節友社뜰 남쪽
빈 땅 가꾼 채소밭.
공부할 餘暇도 많거니와
물길은 항아리 안는 게 어찌 괴로우리

菜圃

節友社南
隙地爲圃
下帷多暇
抱甕何苦[97]

　소채밭을 따로 두고서 晝耕夜讀하는 시인의 전원생활을 알
수 있다. 풀 한 포기에서도 天理를 발견하는 그의 자세는 잘

---

97) 『退溪先生文集內集』卷3, <陶山雜詠 二十六絶> 其五.

알려진 바, 蔬菜를 키우며, 이들의 生生之理 또한 소중하게
인식했을 것이라 짐작된다. 이 시의 의취는 바깥짝에서 알 수
있듯이, 『莊子』의 '抱甕' 이야기와 관련되어 있다. 그 요지는
밭일을 하면서 물 긷는 용수레를 사용하지 않고, 힘들게 항아
리로 물을 길어 나르는 노인의 말인 바, 이는 자기가 만일 그
런 기계를 쓰게 되면 인위적인 기교의 마음이 생기게 되어 몸
은 편안할지언정 정신이 편안치 않아 道가 사라지게 되므로
이것을 부끄럽게 여겨 그것을 사용하지 않는다는 것이다.[98] 퇴
계는 그 노인의 말에 공감하여 그의 행동에 적극 동조하고 있
다. 그는 人爲보다는 無爲로써 天道를 따르려는 노인의 언행
의 순수함을 본받을 필요가 있다고 본 것이다. 퇴계의 仙的
언표는 역시 퇴계가 추구하는 평화로운 心境을 밝히기 위한
것이라 할 수 있다.

저녁비가 개자 배 위에서 응림, 경열에게 보여주다

종일토록 책만 끼고 있는 일 견디지 못하겠는데
비 걷힌 맑은 가을 저버리기 어렵네.
저문 빛이 깃들자 산빛도 어두워지고
놀빛이 내리 쬐니 물빛이 더욱 밝네.
시름은 바다 위에 이어지고 浮査는 멀어지는데
흥이 얽힌 江東에 외기러기 비꼈도다.
瀛洲山을 잠깐 나와 조각배 놀리자니
밭 갈고 고기 낚자던 옛 盟約은 어찌되었나?

---

98) 『莊子』「天地」 참조.

夕霽舟上 示應霖·景說

不堪盡日群書擁
難負高秋積雨晴
暮色漸迎山色暝
霞光時倒水光明
愁連海上孤查遠
興遶江東一鴈橫
暫出瀛洲弄烟艇
何如耕釣赴初盟[99]

이 시는 온종일 학업에 정진하다가 잠시 짬을 내어 賞自然의 餘暇를 즐기는 시인의 여유로움이 나타나고 있다. 그가 이렇듯 잠시라도 자연과 친화하려는 뜻은 바로 秋高馬肥의 계절이 눈앞에 펼쳐져 있기 때문이다. 薄暮로 주위는 어스레하면서도, 저녁비가 개인 뒤의 맑은 기운으로 말미암아 자연은 그로 하여금 더욱 눈을 뗄 수 없게 한다.

船遊하는 그의 모습은 멀리 '浮査' 같은 자신의 집을 바라보고 있다. '浮査'는 신선이 산다는 곳으로 상상의 공간이다. 또한 그가 자신의 山家에서 船遊하러 나온 사실을 상상속의 仙境 瀛洲山으로부터 잠시 나왔다고 표현하고 있다. 그가 애써 벼슬을 사직하고 이렇듯 仙界와 같은 공간에서 생활하려 한 까닭은 바로 仙人들이나 지녔다고 하는 정신적인 자유로움을 憧憬한데서 비롯된 것이라 생각한다.

---

99) 『退溪先生文集內集』 卷1.

벗들과의 옛 盟約을 확인하는 것도 역시 때가 되면 朝市를
떠나 순수한 마음으로 이 곳에서 耕種釣魚하기로 의기투합했
음을 보여준 것이다.

이락루에서 동파의 황루시에 차운하다

밤에 누우니 郡齋가 깨끗하고
꿈 속에 游山詩가 지어졌다오.
활짝 트인 溪樓를 새벽에 올라
앞산을 마주 보며 옛 글 읊는데.
赤城이라 산 속에 신선이 있어
하늘에 노닐다가 雲旗 날리네.
黃精草를 나에게 던져 주면서
언약 부디 어기지 말아 달라고.
온갖 일이 하나의 헌신짝인데
왜 구태여 詭隨를 배운단 말인가?
祈孔賓 부른 지 이미 오래니
朱桃椎 의심일랑 아예 마오.
뜬세상 그리워할 나도 아니고
시속에 추파 던질 나도 아닌데.
머뭇머뭇 오래도록 결단 못하니
내 수레 어느 때나 기름 바르지?
내 들으니, 名分과 敎化 가운데
털끝을 삼가는 건 心法이라고.
이 두 가지 낙을 다 얻는다면
이밖에야 내 알아 무엇 하리오

二樂樓 次東坡黃樓詩韻

夜臥群齋清
夢作遊山詩
晨登溪樓敞
對山吟古詞
赤城山中仙
遊天弄雲機
貽我黃精草
約我勿差池
萬事一弊屣
胡爲學詭隨
已呼祈孔賓
莫訝朱桃椎
我非戀塵土
亦非媚俗姿
淹茲久不決
我車何時脂
吾聞名教中
心法謹毫氂
二樂如得樂
此外吾何知[100]

　이 시는 퇴계가 꿈속에서 游山詩를 짓게 되었다고 밝히면
서, 꿈속의 배경에는 그가 신선을 만나 담소하는 모습이 나타

---

100) 『退溪先生文集內集』 卷1.

난다. 이를 통해 그가 생각하는 游山의 공간은 또한 仙的 空間이 될 수도 있음을 알 수 있다. 風光明媚한 山水自然만큼 天然의 美를 보여주는 것이 없기 때문일 것이다.

신선은 그에게 세상만사가 모두 헌신짝처럼 버려도 좋을 만큼 헛된 것이니, 남들처럼 부화뇌동하지 말고, 제 갈 길을 가라고 충언한다. 또한 그 신선은 隱士 祈孔賓을 예로 들며, 淸貧好學하던 그가 塵世 일의 괴로움을 깨달아, 몸을 감추고 修飾한 일을 본받으라고 유도하기까지 한다.

퇴계 또한 시속에 阿諛하는 체질이 아님을 자인하고, 宦路로부터 떠날 것을 도모하려 한다. 그는 어디에 있든지 名分과 敎化를 위해 心法으로 삼가는 것이 마음의 樂을 얻는 것임을 말하고 있다. 그는 二樂樓에서 마음의 樂을 생각하고 있는 것이다.

귀담

서쪽으로 달리는 뭇 골짜기 동쪽에서 나오니
峽門의 성낸 기세 가로질러 뚫렸구려.
격한 물결 구름 위서 얼마를 다투다가
거울 같은 맑은 못에 이제 겨우 들어가네.
뼈 드러낸 산의 몰골 귀신이 새긴 건가
신선 노는 만 길 위에 바람 타고 학 맴도네.
隱巖이라 남녘 두덕 이끼 낀 저 낚시터는
靈境이 어렴풋이 武夷九曲 같으구려.

龜潭

衆壑趨西出自東
峽門餘怒始橫通
幾爭激浪崩雲上
纏入淸潭拭鏡中
鬼刻千形山露骨
仙遊萬仞鶴盤風
隱巖南畔苔磯石
靈境依然九曲同[101]

이 시는 龜潭 계곡과 그 주위의 骨山을 마주하고 느낀 감흥을 담고 있다. 龜潭 계곡 주위의 風光을 峽谷 같은 깊은 골짜기로 묘사하고 있어서, 이 시에서의 산수 세계는 世間과 더욱 거리를 둔 것 같은 느낌을 준다. 그는 만 길쯤은 되어 보이는 絕壁을 쳐다보며, 인간이 범접할 수 없는 仙界임을 헤아려본다. 그 사이를 오락가락 하는 鶴을 대하며, 仙人도 만약 존재한다면 이처럼 자유롭게 遊樂할 것이라는 상상을 할 뿐이다. 또, 隱巖의 面目을 靈境 속에서 파악하려는 그의 마음은 마치 朱子가 武夷山 九曲 중 大隱巖에서 遊樂하는 뜻을 되새기고 있는 것 같다.

---

101) 『退溪先生文集內集』 卷1.

단사벽

아래는 龍淵이요, 위에는 虎巖이라
천 길 넘는 丹砂를 玉函 속에 감췄구려.
아마도 이 골짝엔 壽한 사람 많으리니
병든 이 몸 구태여 복령 캐어 무엇하리?

丹砂壁

下有龍淵上虎巖
藏砂千仞玉爲函
故應此境人多壽
病我何須劚翠巉 [102]

이 시의 山水世界는 원숭이들이 애완구로 삼을 정도로 朱砂가 많았으며 그 계곡이 험준해 人跡이 드물었던 계림의 龍峽을 방불케 한다. 퇴계는 단사벽의 풍광에서 仙境을 떠올려 이를 통해 자신도 仙遊와 같은 즐거움을 만끽할 수 있는 곳에서 평화롭게 살고 싶다는 뜻을 보이고 있다. 또한 그는 詩題에 담긴 뜻을 살리어 이곳은 長生不死의 仙丹을 주조하는 朱砂가 많은 까닭에, 약초를 구하지 않아도 生老病死의 괴로움을 벗어날 수 있으리라는 희망을 꿈꾸어 보고 있다. 이 시의 仙界는 心身의 고통이 없는 건강한 인간으로 살기를 원하는 그의 뜻을 담은 것이다.

---

102) 『退溪先生文集內集』 卷1.

옥당에서 봄눈을 보고 구양수 공의 운을 달아 짓다

계절은 봄이 반을 접어들려 하는데
오늘 아침 눈송이 휘날리다니.
맞부딪는 음기 양기 늦게 어울려
하늘 가득 구름이 쌓이더니만.
어지러이 눈을 스쳐 瓊花가 날고
허공에 번득여라 玉海 새롭네.
창문에선 바슬바슬 소리 들리고
땅을 보니 얄따랗게 고루 깔렸네.
鼇禁엔 드문드문 방울 깔리고
天街엔 수레바퀴 구르질 못해.
약한 대는 윗마디가 비스듬하고
높은 솔은 천근을 얹고 버티네.
祥瑞라서 축하가 드날릴 테니
풍년 맞아 주름살도 풀리오리라.
부슬부슬 저물도록 끊임없으니
하얗게 새벽까지 가겠구려.
병든 몸은 갖옷을 껴입고 싶고
거룩하신 임의 은혜 술 내리셨네.
瑤城은 쌓여 쌓여 몇 겹이라면
銀屋은 우뚝 우뚝 찬란도 하구나.
지역은 저절로 仙府와 같고
俗人에겐 시 이야기 어렵다마다.
읊조리며 난간에 기댔노라니
아마도 長春宮에 들었나 싶네.

玉堂春雪用歐公韻

令節春將半
今朝雪候臻
氣爭方晚合
云積忽窮垠
入眼瓊花亂
飜空玉海新
聽窗憐屑窣
看地愛輕勻
鼇禁稀鳴索
天街絶響輪
苦筼撑一節
高柏抗千鈞
爲瑞將騰賀
迎豊且解顰
霏微看到暮
浩蕩想連晨
病憶重裘襲
恩慙內醞陳
瑤城渾合沓
銀屋鬱盤囷
地自同仙府
詩難語俗人
沈吟倚闌處
疑是入長春 [103]

이 시에서는 봄철에 풍년을 알리는 瑞雪을 보는 즐거움이 나타난다. 눈꽃송이는 '瓊花', 온통 흰눈으로 가득 찬 세상은 '玉海'로 비유하고 있다. 흰눈을 보고 있는 그는 지금 대궐의 玉堂에서 공무를 수행하던 터여서, 이 瑞雪로써 풍년이 들어 조정과 백성들의 근심이 없기를 바라고 있다. 또한, 그는 흰눈으로 맑고 깨끗해진 세상을 '瑤城', '銀屋'이라 묘사하고 있다. 곧 이것은 '仙府', 즉 仙界의 맑고 깨끗한 경지로 聯想이 확대되어 가는 것이다. 이 가운데 그도 역시 仙人이나 가능할 맑은 詩心을 회복하게 된다고 하여, 마음은 벌써 '長春宮'과 같은 낙원에 들어 간 것처럼 평온함을 밝히고 있다.

주천현의 주천석을 보고 강진산의 운에 따라 짓다

벼락 맞은 돌고주리 하늘로 올라갔기에
이제껏 그 샘 보고 酒天이라 부른다네.
뉘 말로는 지방 습속 괴이를 잘 믿는데다
조작마저 보태져서 참일 리 없네.
내 생각엔 조물주란 예측하기 어려운 것
어찌 알리, 맨 처음에 이유 있어 그랬는지.
신선의 술 빚는 법 세상 법과 아주 달라
신령한 샘물 줄기 糟牀에 쏟아졌네.
幔亭이라 虹橋라 眞君이 강림할 적
五岳은 접시 되고 四瀆은 술동이라.
瓊漿이 넘실넘실 돈 만들고 즐거우니

---

103) 『退溪先生文集內集』 卷1.

玉皇님의 官府일을 폐기한지 오래었네.
上界에서 쫓겨 옴도 생각 한번 빗나간 탓
上帝는 노염 끝에 六丁 시켜 옮기랐네.
별 것 아닌 돌무더길 용이 도로 탐을 내어
물고 가다 한 조각은 金沙淵에 떨어지고.
이 한 조각 남겨둔 것이 어찌 뜻이 없어서일까
한길 가는 술꾼들을 하느님이 경계한 것.
세상 사람 眞人의 자취란 걸 모르기로
마른 입은 다만 군침만 흘린다네.
신의 노염에 아전 하나 앉은뱅이 되었다며
자랑 삼는 긴 이야기 몇 세월이 흘렀는고?
기적이냐 괴이냐 어느 쪽이 옳은 건지
나는 저 고래를 탄 신선에게 묻고 싶어.

酒泉縣酒泉石 姜晋山韻

神槽雷劈已上天
至今以酒名其泉
人言土俗信荒怪
繼之好事非眞傳
我疑造物本難測
厥初安知有由然
當時仙釀非世法
糟牀日注靈波壖
幔亭虹橋降眞侶
瀛尊嶽豆無論錢
瓊漿如流樂且湛

官府久廢玉皇前
上界有謫一念差
赫然下命六丁遷
區區反爲龍所貪
一片誤落金沙淵
復留一片豈無意
天戒衆飮官途邊
世人不曉靈眞跡
渴喉但覺流饞涎
謂神之怒坐一吏
謾說相誇今幾年
徵奇詰異竟誰是
我欲就問騎鯨仙[104]

　주천석이라 불리는 돌과 그 샘을 보면서, 지명에 대한 유래 담을 나름대로 再考해보는 즐거움을 노래한 시이다.

　첫 번째, 그는 그곳의 샘이 바로 仙界에서 술을 빚던 물이라고 상상하고 있다. 또, 仙界에서 玉皇을 解弛하게 만든 罰로, 그 샘은 지금의 주천석 자리로 축출되고 말았다는 상상을 하기도 한다. 玉皇이 돌조각을 이곳에 둔 뜻은 속서의 酒荒(飮酒에 빠져 다른 일을 돌보지 않음)을 경계시키기 위한다는 것이다.

　두 번째, 그는 이 주천석 앞에서 경건하지 못해 신령의 노여움을 사게 된 아전 한 사람의 逸話를 떠올리고 있다. 퇴계는

---

104) 『退溪先生文集內集』 卷1.

주천석과 그 유래담에는 仙的 신비함이 더 어울린다고 생각하는 듯하다. 그는 결국 유래담의 眞僞 與否를 술을 좋아하는 詩仙 李太白에게 묻고 있기 때문이다. 이 시는 이태백의 〈獨酌〉시 가운데 '天若不愛酒, 酒星不在天, 地若不愛酒, 地應無酒泉'에 근거를 두고 있다.

第2節. 說理詩의 情感

說理詩의 일반적인 특징은 도학자들이 詩教를 구현하기 위해 제작한다는 점이다. 따라서 설리시는 본래 孔孟의 정신을 함양하기 위해서, 또는 그것을 가르치기 위하여 창작하는 것이므로 그 내용 역시 시교에 충실한 것을 가장 緊切한 任務로 여겨 왔다.

퇴계의 설리시에 내재된 정신은 기본적으로 道學者의 求道的 精神이며, 시를 통해 마음을 다스리려 하고 있다. 그러나 그의 說理詩 全篇이 道理를 강조하는데서 그치고 있지 않다는 점이 특징적이다. 퇴계의 설리시에서 때로는 시인의 감성을, 할아버지의 마음을, 스승의 정감을 발견할 수 있다는 사실이 바로 그것이다.

인간은 완전한 존재가 아니므로, 끊임없이 말초적 욕구를 떨쳐 버려야 하늘의 이치와 같은 순수한 본성으로 살아갈 수 있다는 것이 바로 퇴계가 강조한 遏人慾存天理(인욕을 끊고 천리를 보존함)의 정신이다. 다시 말하면, 하늘의 이치를 긍정하고 따를 때에는 일단 인간의 욕심은 부정되어야 할 가치이다.

사람은 살아가면서 본성을 지키기 위해 욕심을 억제해야 할 상황을 몸소 겪는 경우가 생긴다. 이때에 이르러, 사람은 하늘의 이치와 같은 순수한 마음을 오래도록 붙잡아 두기가 어려움을 절감하게 된다. 그런데 퇴계는 다른 사람들이 한평생 몇 차례 시도해 보는 것에 그치고 마는 이러한 정신세계를 한결같이 지니고 살아갔다는 점이 특징적이다. 어쩌면 거꾸로 본성을 떨쳐 버려야 잘 살 수 있을지도 모를 價値顚倒의 威脅에 처해 있는 현대인들의 삶과 좋은 대조를 보이기까지 한다.

퇴계에게 지상의 척도가 된 理는 바로 聖學을 통해 체득된 것이다. 그는 '마음 다스림'을 修養의 근본으로 삼고, 聖學을 생활 속에 실천하며 살았다. 퇴계는 특히 50더 이후, 직접 性理文字를 언표에 드러내면서 空前의 설리시를 量産하고 있지만 스스로 체험적인 삶의 문제와 마주하게 될 때 情感의 流露를 감추지 못한다.

1. 溫故에의 深厚

퇴계는 그의 삶을 돌이켜 反省하고 스스로 省察의 契機를 마련하게 될 때마다 시를 지어 학문에 뜻을 둔 마음가짐을 공고하게 다지고 있다. 이럴 때 그는 修學하여 溫故知新의 뜻을 굳히거나, 다른 儒者들의 過誤를 他山之石으로 삼아 深厚한 정감을 표출하게 된다.

퇴계는 다른 사람에게도 溫故의 정신을 북돋워주고 있는데, 특히 제자를 위해 애써 노력하는 모습은 深厚한 스승으로서의 인간적 정감을 담은 설리시에서 찾을 수 있다.

권장중의 관물당에 제하여 부치다

사물을 관찰하려면 나의 생활부터 관찰해야 하리
易學의 깊은 이치를 소강절이 밝혀 놓았다네.
자기를 버리고 바깥 사물만 관찰한다면
새 날고 물고기 노는 모습도 마음을 어지럽히리라.

寄題權章仲觀物堂

觀物須從觀我生
易中微旨邵能明
若敎舍己惟觀物
俯仰鳶魚亦累情[105]

위의 시는 理致처럼, 일상생활의 사소한 것에서부터 修身하는 것이 바로 학문의 요체임을 자각해야 할 것을 일깨우고 있다. 이 시에 나타난 자각의 언표는, 퇴계가 그의 「聖學十圖」 가운데 한 부분을 읊고 있다는 느낌을 주고 있다. 즉, 그의 〈大學圖〉 '밝은 덕을 천하에 밝히려고 했던 옛 사람은 먼저 자신이 살고 있었던 나라를 다스렸고, 자신이 살고 있었던 나라를 다스리려고 하였던 사람은 먼저 자기 집안을 정돈하였고, 자기 집안을 정돈하려고 하였던 사람은 먼저 자기 몸을 닦았

---

105) 『退溪先生文集續集』 卷2.

고, 자기 몸을 닦으려고 하였던 사람은 먼저 자기 마음을 바르
게 하였고, 자기 마음을 바르게 하려고 하였던 사람은 먼저 자
신의 뜻을 성실하게 하였고, 자신의 뜻을 성실하게 하려고 하
였던 사람은 먼저 자신이 깨달아서 앎을 이룩하게 하였으니,
깨달아서 앎을 이룩하게 한다는 것은 사물의 이치를 구명하는
데에 있었다'[106]의 함의를 구현한 것이라 여겨진다. 퇴계는 이
시에서 마음의 자각이 선행될 때에야 비로소 鳶飛魚躍처럼 外
物에 내재한 天理를 인식할 수 있다고 본 것이다.

금문원의 동계 성성재

精一한 심법은 공경함이 요결이라오
철저히 깨어 있으면 저절로 환하리라.
다만 일상적인 공부나 할 일이지
허겁지겁 좇아가 싹을 뽑아 올리지는 말게나.

琴聞遠 東溪 惺惺齋

精一心傳敬是要
儘惺惺地自昭昭
但加日用工夫在
莫學芒芒去揠苗[107]

---

106) 『退溪先生文集內集』 卷7, 「箚」 <大學圖>. "古之欲明明德於天下
者, 先治其國, 欲治其國者, 先齊其家, 欲齊其家者, 先修其身, 欲修其
身者, 先正其心, 欲正其心者, 先誠其意, 欲誠其意者, 先致其知, 致知
在格物. 物格以後, 知至, 知至以後, 意誠, 意誠以後, 心正, 心正以後,
身修, 身修以後, 家齊, 家齊以後, 國治, 國治以後, 平天下."

107) 『退溪先生文集續集』 卷2, <琴聞遠 東溪 惺惺齋> 其一.

이 시에서는 後學에게 자각을 애써 일깨우려는 정감 깊은 스승의 심정으로 담아낸 설리적 언표가 주목된다. 이 시에서 설리적 언표의 핵심이 된 것은 '精一'인데, '揠苗'를 극복하기 위한 수양 방법으로 제시된 것이다. '精一'은『書經』의 惟精惟一108)을 줄여 쓴 것으로, 퇴계가 그의 「聖學十圖箚」에서 강조한 말이기도 하다.

퇴계는 이 시에서 사욕을 막아 天理를 보존하는 공부가 가장 중요함을 일깨우고 있다. 즉, 퇴계는 어떠한 유혹에도 본래의 진실된 마음이 움직이지 않도록 하기 위해 敬을 실천하는 것이 중요하다고 하였으며, 이렇게 살아가려고 노력하는 사람만이 聖人의 境地에 들어간다는 것을 알려 주려 하였다. 퇴계는 '精一'의 방법을 실천한 先人을 예로 든 바 있는데, 「聖學十圖」에 입록한 林隱 程氏의 경우가 바로 그러하다. 林隱 程氏는 은거하면서 벼슬한 적이 없었고, 의리에 맞는 생활을 힘써 하였으며, 백발이 되도록 경서를 연구하여, 四書章圖 세 권을 저술한 인물로 알려져 있다.109) 이처럼 聖學을 실천하기 위해서는 '精一'의 精神을 자각해야 함을 권하고자 퇴계는 이와 같은 설리시를 제작하였으리라 생각된다.

---

108)『書經』第1卷,「虞書」<大禹謨>. "人心惟危, 道心惟微, 惟精惟一, 允執厥中."

109)『退溪先生文集內集』卷7,「箚」<心學圖>. "(林隱) 程氏字子見新安人. 隱居不仕, 行義甚備, 白首窮經深有所得, 著四書章圖三卷,…"

매암

아깝구나 梅巖이 주역을 잘못 배워서
간곡하게 이치를 타일러도 더욱 고집만 부렸네.
한번 내리치는 천둥소리에 놀라 깬다면
참된 진리의 깨달음이 활짝 트이련만.

梅巖

可惜梅巖易學愆
諄諄妙湛執逾堅
一聲雷處如驚起
千古何難快覩天110)

위의 시는 朱子와 梅巖 袁樞의 逸話를 他山之石으로 삼아, 퇴계 스스로 반성의 계기를 삼은 것이라 할 수 있다. 즉, 이 시에서는 고집불통의 梅巖을 일깨우기 위해 노력하는 朱子의 모습이 부각되어 있는데, 그러한 가운데, 주자의 苦行을 되새기며 자성의 시간을 갖는 퇴계를 떠올리게 한다. '一聲雷處如驚起'는 朱子의 詩 '忽然半夜一雷聲 萬戶千門次第開'에서 意想을 빌린 것으로, 詩作에 있어서도 朱子의 影響을 입었음을 짐작할 수 있다.

권응인의 <山居> 詩에 차운하다

누군들 궁벽한 마을에서 어렵게 살지 않겠나만
즐겁게 사는 사람을 지금 보기 어렵다네.

---

110) 『退溪先生文集續集』卷2.

顔回처럼 살라는 옛 말을 잘못 알고서
하루 종일 心齊한다고 묵묵히 앉아만 있다네.

次韻 權生應仁 山居

誰無窮巷一簞瓢
樂處如今難獨遙
錯信晞顔前古訓
心齊終日坐寥寥[111]

이 시에서는 儒者들의 안심찮은 귀거래를 비판적으로 인식
하면서 스스로 省察의 契機로 삼고 있다는 것이 특징적이다.
일찍이 孔子는 歸去來가 쉽지 않다는 것을 피력하였는데,『論
語』에서 '세상에 등용이 되면 理想을 실행하고, 버림을 받으면
은거해서 있을 사람은 오직 나와 顔回만이 가능하다'[112]는 말
이 그것이다. 好學하는 顔回만이 귀거래가 가능하다고 한 까
닭은 眞儒는 덕을 위주로 실천하는 학문, 즉 知行合一의 學問
을 해야 하기 때문인 것이다. 공자는 거개의 儒者들이 출세를
한다 해도 실행할 理想이 없고, 不遇해져도 영달할 획책만 도
모함을 비판하였던 것이다. 안회의 삶은 영달을 목적으로 한
귀거래가 아니어서 빈궁한 생활에 만족할 수 있었음을 직시하
고 안회의 삶을 되새기며 반성하고 있다.

---

111)『退溪先生文集續集』卷2, <次韻 權生應仁 山居> 其二.
112)『論語』卷之七,「述而」. "子謂顔淵曰, 用之則行, 舍之則藏, 惟我與爾."

노과회가 김이정에게 절구 한 수를 주었는데 그 題에
　'재물이란 기름과 같아서 가까이 하면 사람을 더럽힌다'는
　말이 있어 사람을 깨우침이 깊으므로 차운하여 주다

애석하구나, 財物에 다다르면 생명과 바꾸고자 하는 것
몇 사람이 넘어지며 험한 길을 달렸는고.
盧君의 깊은 警戒 그대와 나 깊이 새겨들어
不誠에 가깝도록 마음을 갖지 마세.

盧寡悔贈金而精一絶 其題 '有財猶膩也
**　近則汚人之語' 警人深矣 次韻贈之**

可惜臨財欲易生
幾人傾覆險途行
因君共佩盧深戒
莫使持心近不誠[113]

　위의 시에서는 後學에게 聖學을 행하기 위해서는 人慾을
멀리 하는 기본자세를 갖추도록 격려하고 있는데, 재물의 유혹
을 뿌리치는 것이 커다란 단서가 된다는 사실을 예시로 하고
있다. 詩題에도 언급된 것처럼, 이 시의 작시 동기가 된 것은
바로 노수신이 김이정에게 보내준 격언—재물이란 기름과 같
아서 가까이 하면 사람을 때묻힌다—인 것이다. 퇴계는 이 말
을 '深戒'로 삼아 후학과 함께 자성할 것을 결의하고 있다.

　그는 특히 지도자일수록 더욱 인욕을 막기 위해 자성해야
할 것을 주장하였는데 그 내용을 보면, '백성의 지도자가 된

사람의 마음은 온갖 징조가 연유하는 곳이고, 모든 책임이 모이는 곳이며, 온갖 욕심이 잡다하게 나타나는 자리이고, 갖가지 간사함이 속출하는 곳이기 때문에 조금이라도 태만하고 소홀하여 방종이 따르게 된다면, 산이 무너지고 바다에 해일이 일어나는 것 같은 위기가 오고 말 것이니, 어느 누가 이러한 위기를 막을 수 있을까? 옛 聖君과 현명한 왕들은 바로 이러한 결과가 나타나는 근원에 대하여 근심을 하였다. 그래서 조심하고 두려워하며 삼가는 애틋한 마음가짐으로 날마다 생활을 하였어도 오히려 부족하다고 생각하였던 것이다'114)로 되어 있다. 이처럼 그는 治世의 道를 실현하는 데에도 溫故에 근거한 自省이 필수적임을 강조하였다.

『고경중마방』에 제하다

옛 거울이 오랫동안 묻혀 있었기에
거듭 닦아도 빛이 잘 안 나지만.
밝은 바탕이야 그래도 흐려지지 않는 법
옛 先哲들이 방법을 남겼다오.
인생이란 노소를 가릴 것 없고
이일은 스스로 노력함을 귀하게 여긴다오.
위나라 무공은 아흔 다섯 살에
抑戒를 지어서 신칙했다오.

---

114)『退溪先生文集內集』卷7,「進聖學十圖箚 幷圖」. "況人主一心, 萬幾所由, 百責所萃, 衆欲互攻, 群邪迭鑽, 一有怠忽而放終繼之, 則如山之崩, 如海之蕩, 誰得而禦之. 古之聖帝明王有憂於此. 是以兢兢業業小心畏愼, 日復一日猶以爲未也."

題古鏡重磨方

古鏡久埋沒
重磨未易光
本明尙不昧
往哲有遺方
人生無老少
此事貴自彊
衛公九十五
懿戒存圭璋[115]

『古鏡重磨方』은 퇴계가 엮은 책으로, 古今의 箴·銘·贊 중에서 修身하기에 절실한 것만을 모은 것이다. 이 시에서 '古鏡'은 옛 성현들이 남긴 名言이며, 이것으로 자신의 마음을 다스린다면, 결국 聖學의 길로 나아갈 수 있음을 상징적으로 말한 것이다. 따라서 이 시는 聖學으로 나아가는 방법을 제시한 작품이라 할 수 있으며, 그 방법으로 '自彊', 즉 自彊不息을 가장 소중하게 생각하고 있다. 95세의 老齡에도 아랑곳하지 않고 계율을 지어 실천했다는 武公의 고사를 근거로 하여, 자강불식의 학문정신을 일깨우려 한 것이 이 시의 主旨다.

『대학혹문』

격물치지 공부 깊으면 모든 이치에 통달하지
자신을 닦는 것과 남에게 베푸는 일은 원래 같은 것이네.

---

[115] 『退溪先生文集續集』 卷2.

진리를 밝혀준 前賢의 공력이 없었던들
우리들이 어떻게 성인의 속마음을 알겠나

大學或問

格致功深萬理通
誠身澤物本因同
若非啓發前賢力
我輩何由識聖衷[116]

퇴계는 敬工夫를 하는 가운데 格物致知가 이루어진다고 보았는데, 실제로『大學或問』에서는 朱子가 옛 聖賢의 敬工夫의 실천방법을 상세히 설명하고 있다. 따라서 퇴계는『大學或問』을 詩題로 하여 책 속에 담긴 성현들의 학문정신을 숭앙하였으며, '前賢力'이라 칭송하였다. '前賢力'의 근거가 되는 것은『大學或問』의 '程子는 마음을 오로지 하여 일체의 잡념이 없는 것이 敬이고, 가지런히 정돈되고 엄숙한 경지가 敬이라 하였으며, 謝良佐는 항상 분명하게 깨닫는 법이라 하였고, 尹氏는 그 마음을 수렴하여 어떤 사물도 마음속에 용납하지 않는 것이라 하였다'[117]와 같은 것이다. 聖賢들이 추구한 학문의 길을 기꺼이 따르리라는 後學 퇴계의 열성이 담긴 설리시이다.

---

116)『退溪先生文集續集』卷2.
　　　이 시에는 다음과 같은 自序가 있다. "蕎姪 近讀家禮·小學·大學或問, 以詩三首來, 其言若有所感者, 用其韻, 示意云."
117)『退溪先生文集內集』卷7,「箚」<大學或問>. "(…) 朱子曰, 程子嘗以主一無適言之, 嘗以整齊嚴肅言之. 門人謝氏之說, 則有所謂常惺惺法者焉. 尹氏之說, 則有其心收斂, 不容一物者焉云云. (…)"

2. 追念의 悲壯

퇴계는 聖賢의 遺志를 계승하여 學問에 精進하는 것 이외
에는 세상의 어떠한 부귀영화도 추구하지 않겠다는 다짐을 하
고 있다. 퇴계는 그들이 걸어간 학문의 길을 따르는 것에서 삶
의 의미를 찾고자 하였다. 따라서 그는 가깝게 지내던 이웃 선
비와 사별할 때, 그의 學德을 되새기며, 학문정신은 변함없이
살아 있어야 함을 강조하게 된다. 죽음으로 인해 흔적 없이 사
라지는 것이 인간이기에 그의 학문 또한 사람들의 마음속에
잊혀질 것임을 안타깝게 생각했기 때문이다.

주경유 동지사 만사

이로부터 동·남의 아름다움 이 분에게 모였으니
문장은 태산 북두 기개는 호걸 영웅.
臺閣에 일찍 올라 명성이 자자했고
중년엔 고을살이 칭송 노래 드높았네.
성균관에 세 번 들어 임의 사랑 거룩했고
陝東으로 한 번 나가 民風을 일으켰네.
銀臺에서 敎書 초해 上의 뜻 선포하고
玉堂에서 心圖 올려 충성을 보였구려.
불교 배척 疏章 지어 선비들 칭송하고
현인 높여 祠宇 세워 세상이 우러렀네.
銀河를 기울이듯 우람찬 말 들려주고
용을 잡는 괴걸한 글귀도 전해오네.
끊임없는 정성은 君父에게 굳혀 있고

오래 묵은 身病은 蛇弓에 감촉된 것.
인간 세상에 斷堊이 끊긴 것은 나이려니와
지하에서도 修文郎이 된 이는 바로 임이로세.
천리라 哀榮은 恩典이 내렸는데
일생의 사업은 史冊에 전하리다.
竹溪가 집을 둘러 천년을 흐르는데
무궁한 선생 마음 그 누가 아오리까?

周同知景游挽詞

自是東南美所鐘
文如山斗氣豪雄
早登臺閣名聲藉
中典州城頌詠渢
三入成均垂睿想
一分陝右動民風
銀臺草敎能宣旨
玉署陳圖最見忠
闢佛封章士爭誦
尊賢祠宇世初崇
法言間出如傾漢
傑句時傳似摶龍
進進誠心在君父
沈沈身疾感蛇弓
人間斷堊唯應我
地下修文定是公
千里哀榮恩典下

一生事業汗靑中
竹溪遠舍流千載
誰識先生意不窮[118]

이 시는 先學 周世鵬을 추모한 것이다. 주세붕은 우리나라 최초의 서원인 白雲洞書院을 창설한 인물이다. 朱子가 白鹿洞書院을 창설했듯이, 주세붕도 書院을 창설해 賢人을 높이고 인재를 양성할 엄격한 교육의 공간을 마련했다. 서원이 창설된 후, 퇴계가 풍기 고을의 員으로 부임하여 이곳을 찾아가서, '서원이 초창기라서 완성되지 않았는데, 학문을 일으킬 것을 유의해 朱子의 白鹿洞書院의 故事에 따라 모든 규모를 법도에 맞게 하였다. 이 일이 조정에 알려져 명종 임금의 특명으로 賜額하고 책을 내리니, 마침내 남방 학문의 전당이 되었다'고 말한 적이 있다.[119] 주세붕과 퇴계는 朱子書에 심취해 학문에 힘쓰고 마음을 진작시켰다는 공통점이 있다. 또, 퇴계는 〈答周景遊世鵬見寄二首〉, 〈題周景遊遊淸凉山錄後〉를 지어 주세붕에게 부치기도 했다.

위의 시는 주세붕의 治績을 밝히는 내용이 압도적이고, 그 다음에 그의 죽음을 告하고 있다. '臺閣', '成均', '分陝', '銀臺', '玉署'를 통해, 그가 생전에 君王을 위해 충성한 인물이었음을 말하고 있다. '地下修文'은 문인들이 死後에 地下의 修文이 된다는 옛말에서 유래한 것이다. 또한 '哀榮'은 『論語』의 「子張」

---

118) 『退溪先生文集內集』 卷2.
119) 『退溪先生言行錄』.

에서 '그 삶에는 영화로웠고, 그 죽음에는 슬퍼했다.'[120]는 말을
상기하고 있다.

퇴계가 궁극적으로 稱揚한 것은 '一生事業汗青中'에 담겨져
있다. 死後에도 영원히 이름을 남길 인물이 되었다는 것이 칭
양의 핵심이다. 퇴계는 죽음 자체가 인간을 물리적으로 유한한
존재임을 규정하는 것으로 파악했다. '竹溪遶舍流千載, 誰識
先生意不窮'에서 알 수 있듯이, 사람은 죽고 없어도 그의 집
앞을 흐르는 강물은 오랜 세월동안 변함없으니 영원한 자연과
유한한 인간의 대비는 확연한 것이다. 죽으면 다시는 볼 수 없
는 인간이기에 그의 학문 또한 사람들의 마음속에 잊혀질 것
임을 안타까워한 것이다. 여기에는 비애감이 녹아 있긴 하지만
유한한 인간이 추구하는 학문 정신은 변함없이 살아 있어야
함을 강조한 것이어서 비탄의 정서가 확대되지 않는다.

중추부지사 농암 이선생 만사(1)

편안하고 즐거웠던 세 조정의 귀인
大耋의 나이에도 총명을 잃지 않았다네.
都門에선 漢傅를 추억케 했고
香社 맺어 唐賢을 이어 받았네.
세상이란 저절로 번복 많은데
몸은 실로 完福을 누리셨구려.
뉘라 알리, 나라를 근심한 눈물
죽음에 다다라도 계속 흘린 줄.

---

120) 『論語』 卷之十九, 「子張」. "其生也榮, 其死也哀."

知中樞聾巖李先生挽詞(一)

逸樂三朝貴

聰明大耋年

都門追漢傅

香社紹唐賢

世自多飜覆

身誠享具全

誰知憂國淚

臨化尙漣漣[121]

중추부지사 농암 이선생 만사(2)

은총은 세 조정에서 모두 두터웠고

풍류는 한 시대가 우러렀다오.

뜬 이름은 草芥처럼 보아버리고

좋은 일은 林園을 실컷 누렸던 거라네.

藍輿메어 몇 번이나 행행하더니만

잠깐 사이 학의 꿈에 놀랬네.

羊曇의 끊임없는 구슬픈 눈물

어찌 차마 西門을 지난단 말인가?

知中樞聾巖李先生挽詞(二)

寵眷三朝厚

風流一代尊

浮名同草芥

---

121) 『退溪先生文集內集』 卷2, <知中樞聾巖李先生挽詞 二首> 其一.

勝事極林園
幾幸藍輿擧
俄警鶴夢騫
羊曇無限慟
不忍過西門[122]

　이 시는 聾巖 李賢輔를 추모한 것이다. 퇴계는 농암을 흠모하여 行狀을 지은 바 있다. 퇴계가 농암을 흠모한 까닭은 그의 出處觀에서 비롯된다. 농암은 부모에게 효도하기 위해 벼슬했으며, 중앙 정계에 진출하기보다는 향촌의 관리가 되어 향촌 사람들을 보살피기를 희구하였다. 그가 벼슬을 그만두고 歸去來를 결심한 것은 노부모의 노후생활을 돕기 위한 것일 뿐, 높은 벼슬을 구하려는 假漁翁의 意志와는 무관한 것이었다.[123] 농암은 벼슬에 초연하면 할수록 유유자적하게 강호생활을 할 수 있음을 퇴계에게 직접 보여준 인물이었다.

　위의 두 시에서 퇴계는 黨爭의 소용돌이 속에서 米壽의 壽를 누리며 온전히 몸을 보전할 수 있었던 농암의 삶을 칭양하고 있다. 첫째 首에서는 漢의 太子太傅 疏廣의 고사를 빌어, 벼슬에 연연해하지 않고 물러나기를 자처한 농암의 삶을 비추고 있다. 尾聯 上句의 '誰知憂國淚'는 농암의 出處가 군신간의 갈등에 의한 것이 아님을 암시하며 둘째 首의 首聯 下句

---

122)『退溪先生文集內集』卷2, <知中樞聾巖李先生挽詞 二首> 其二.

123) 李敏弘,「聾巖詩歌의 生活理念과 品格」,『朝鮮中期 詩歌의 理念과 美意識』, 成均館大學校 出版部, 1993, 133면.

'風流一代尊'은 농암의 江湖生活을 稱揚한 것이다. 또, 頷聯 上句의 '浮名同草芥'에서 알 수 있듯이, 짧은 일생동안 功名한 것이란 잠시 헛된 이름만 내세우는 꼴이 되므로, 미미한 공적으로 세상에 이름을 떨친다는 것은 聖賢을 욕되게 하는 것이라 생각한 것이다. 그는 학문 말고는 세상일에 무심한 농암의 삶에 심정적으로 공감하는 바가 컸기 때문에 농암의 죽음을 鶴이 꿈을 깬 것으로 묘사했다. 그는 謝安의 죽음을 慟哭한 羊曇의 처지가 되어 스승으로 흠모한 인물의 죽음을 哀悼하였다. 尾聯의 '羊曇無限慟, 不忍過西門'에서 그러한 슬픔의 그림자를 드리우고 있다.

첩지 남치욱 만사

武藝로 벼슬에 올랐지마는
文資를 타고나 행실은 선비와 같았네.
군수 되자 백성들은 袴衣 장만코
座席 맑아 손님 앉힐 방석도 없네.
善을 좋아하여 家法으로 삼고
마음가짐 평화로워 壽를 누렸네.
哀榮에 다다라 자손을 보고
사람들은 于門에 비기는구려.

挽南僉知致勗

武藝身登仕
文資行若儒
專城民袴有

清座客氈無
好善爲家法
平心得壽途
哀榮看寶樹
人比慶門于 [124]

이 시는 東岡 남언경의 先親 南致勗의 죽음을 추모하고 있
다. 남치욱은 영흥부사를 지냈으며, 東岡은 퇴계의 제자이며,
사헌부와 승정원을 거쳐 전주부윤을 역임했다.

이 시에서 퇴계는 남치욱을 武官이면서도 오히려 선비의 기
질이 강했던 인물이라고 칭양하고 있다. 즉, 頷聯의 '專城民袴
有, 淸座客氈無'을 통해, 官에 있을 때에는 백성들을 이롭게 하
였으나, 스스로에게는 이와 달리 매우 검박했음을 보여준다. 頸
聯 上句의 '好善爲家法'은 善行을 家法으로 세워서, 父子가 대
를 이어 학업의 발전을 이룩하였음을 말한 것이다. 또한, 그의
마음 '平心'은 탐욕이 제거된 善行에 의해 가능함을 암시한다.

尾聯의 '哀榮看寶樹, 人比慶門于'에서 '門于'는 漢의 于定國
의 이야기에서 유래한 것이며, '哀榮'은 자손의 장래를 위해 밑
거름이 되어준 東岡 先親의 삶을 형상화한 것이기도 하다. 한
마디로 이 시는 家祚가 깃든 가운데 他界할 수 있었던 사실이
그의 勞苦에서 비롯됨을 稱揚한 것이다.

---

124) 『退溪先生文集內集』 卷5.

권응창 동지사 만사

뛰어난 재주는 당시의 일류로서
동서에 벌여놓은 天球와도 같았다오.
玉堂과 金馬에서 英氣를 드날렸고
霖雨와 丹靑으로 촉망이 우월했다네.
原隰을 순돌던 날 盃蛇에 감촉되고
漳濱에 누운 가을 鷄夢을 놀랬구려.
鴒原의 교분이 부레와 칠 같으니
삼년 喪 슬퍼하여 머리는 다 희어졌네.

挽權同知應昌

才傑當年第一流
端如東序薦天球
玉堂金馬蜚英早
霖雨丹靑屬望優
偶感杯蛇巡隰日
忽驚鷄夢臥濱秋
鴒原契分如膠漆
慟到三喪白盡頭[125]

이 시는 權應挺의 아우 權應昌을 추모하고 있다. 權應昌·
應挺 형제는 『退溪先生文人錄』에 입록되지는 않았으나, 퇴계
와 교유한 인물들이라 짐작된다. 이 시에서는 권 동지사의 뛰
어난 자질을 '才傑第一流', '天球', '蜚英早', '屬望優' 등으로 표

---

125) 『退溪先生文集內集』 卷5.

현하며 이러한 인재를 잃은 안타까움을 시화하고 있다.

'鷄夢'은 퇴계가 謝安의 故事를 빌어 권 동지사의 죽음을 비기고 있다. 그의 죽음을 계기로 퇴계는 그의 덕성을 반추하게 된다. 즉, 尾聯의 '鴒原契分如膠漆, 慟到三喪白盡頭'는 生前에 兄과의 友愛가 膠와 漆같이 매우 견고했음을 알 수 있다. 이 시는 그들의 우애가 결국 兄에 대한 三年喪으로 이어지고 그 와중에 아우마저 죽음에 이르렀음을 애도하고 있다. 퇴계의 輓詞는 죽은 인물의 생전 實事를 조명하는 의례적인 輓詞로 종결짓지 않았으며 情感의 流露를 아끼지 않은 설리시의 경지를 이룰 수 있었다.

이재 노군 선친 만사

몸은 바로 湘纍의 부친 되는데
湘纍는 聖明한 때를 만났네.
恩例를 일으켜 幄座 내리고
봉양 빌어 藩臣을 허하였다오.
玉節로 어전 하직 올리려는데
서릿바람 문득 椿을 흔들었구려.
儒冠에 몸 그르친 한도 많지만
저승에 빛이 나는 贈職의 영광.

挽盧君伊齋先君

身是湘纍父
湘纍遇聖辰
起恩承幄座

歸養許藩臣
玉節方辭陛
霜風遽撼椿
痛將儒誤恨
追賁落泉塵[126]

이 시는 伊齋 盧守愼의 先親을 추모한 것이다. 伊齋는 퇴계의 가르침을 받아 대성한 학자였으며 퇴계의 諡를 위해 애쓴 인물이었다. 伊齋는 宦路의 浮沈으로 19년 동안 진도에 안치되기도 하였다. 퇴계는 그를 屈原에 빗대어 '湘纍'라 일컬었다. 配所에 있으면서도 저술을 하기도 하여, 이로 인하여 퇴계는 그에게 '斯道가 동방에 없어지지 않았다'는 찬사를 하게 된다.

'聖辰', '恩承', '幄座', '藩臣', '玉節'을 통해, 그가 혐의에서 풀려나 환로에 복귀했음을 엿볼 수 있다. 伊齋 先親의 죽음은 자제가 복직한 이후의 일이다. 他人의 父親을 椿堂이라 일컫거니와 이 시에서 '撼椿'은 椿堂의 죽음을 묘사한 것이다. 이재의 부친은 안타깝게도 방백으로 제수되자 곧 졸하게 된다. 尾聯 下句의 '追賁落泉塵'에서는 死後에 官位를 追贈하는 영광이 있어 19년의 묵은 한을 풀게 되었음에 안도하고 있다. 퇴계는 인생이란 사후에 더욱 빛이 나는 삶이어야 한다는 생각을 하고 있으며 유한한 존재인 인간의 삶이란 과연 무엇인지를 일깨우려 하고 있다. 퇴계는 삶이란 다만 육체가 소멸하는 순간에 끝나지 않고 생전의 노력여하에 따라 영원한 가치를

---

126) 『退溪先生文集內集』 卷5.

지닐 수도 있다고 보았다.

3. 老儒의 情曲

儒家들은 시를 통해 孔孟의 정신을 익힌다는 뜻에서 '詩敎'를 강조한다. 이 詩敎는 도학자들의 작시 의도와 밀접한 관련을 갖게 된다. 詩敎의 깊이는 理法을 시화한 설리시를 통해서 음미해 온 것이기도 하다.

그러나 퇴계의 설리시에서는 일반적인 도학시와 변별되는 퇴계 특유의 시세계를 보여 주기도 한다. 그는 오로지 詩敎에만 충실해야 한다는 경직된 생각으로 시를 쓰지 않았다. 그는 설리시 고유의 이성적 측면과 시인의 감성적 측면이 조화를 이루는 시를 제작하기도 하였다. 그는 시를 좋아하는 生來的인 체질 때문에 풍부한 情感을 표출하게 된다. 그에게 說理는 삶의 이치를 체득한 정감 속에 무르녹아 있기 때문이다.

지금 내가 손자 안도에게 보이려고 부친 시(1)

섣달의 눈보라 山房에 너
先世 일을 생각하여 공부에 애써다오.
삼복해 마지 않는 두 시의 무궁한 뜻
꿈꾸고 깨는 사이 밤잠을 깨는구나.

今滉 寄示安道詩(一)

念爾山房臘雪天

業成勤苦庶追前

二詩三復無窮意

一枕更闌夢覺邊[127]

지금 내가 손자 안도에게 보이려고 부친 시(2)

소년시절 용수사를 書樓로 비기고서

기름 대신 관솔불을 얼마나 밝혔던고?

家訓이라 그날의 경계를 잊으랴만

이치 근원 어두워 이제껏 찾는단다.

늙은 심정 네게 빈다 선덕을 이어다오

친구로부터 충고를 들어 먼 계획을 도모하라.

설산이 문을 에워 싸 인적도 고요하니

조히 일촌광음도 함께 아낄지니라.

今滉 寄示安道詩(二)

少年龍社擬書樓

幾把松明代熱油

家訓未忘當日戒

理源仍昧至今求

老情蘄汝承遺澤

忠告資朋尙遠謀

---

127)『退溪先生文集內集』卷4, <今滉 寄示安道詩 二首> 其一.
　　이 시는 自序가 附記되어 있으니 다음과 같다. "孫兒安道, 近往龍壽
　寺讀書. 因追憶先世爲子姪訓戒之詩, 所以誨導期望者, 丁寧懇到, 反
　復誦繹, 不勝感涕, 拳拳之至. 不可不使後生輩聞之. 謹用元韻, 寄示安
　道, 庶幾知家敎所自來, 以自勉云爾."

門擁雪山人寂寂
好將同惜寸陰邁[128]

　이 시는 그가 孫子에게 勸學의 뜻을 일깨우려고 지은 것이다. 첫째 首에서는 젊은 시절에 山房에서 수학할 때 先祖考와 先第三兄이 격려의 시를 보내준 것을 回想하며 그때의 정감을 고스란히 손자에게 전하는 모습이 담겨져 있다. 이 시는 첫째 수에서 회상의 정서로 시상을 전개한 후, 이것을 다시 둘째 수에서 '老情'으로 이어간 점이 특징적이다.

　위에서 퇴계가 손자에게 당부한 것은 朱子의 〈偶成〉'少年易老學難成하니 一寸光陰不可輕하라'는 참뜻이다. 퇴계 자신이 老大家의 揮毫로 이 글귀를 보낼 수도 있었겠지만 그가 구태여 시를 지어 보낸 까닭은 '老情'에 잘 나타나 있다. 손자를 사랑하는 祖父의 念慮에서 비롯된 시이기 때문이다. 이를 통해 퇴계의 설리시가 餘他의 道學詩와는 다른 측면이 있음을 발견할 수 있다. 즉 퇴계는 내면의 理만을 일깨우는데 그치지 않고 시적 대상에게 정감적으로 다가갔음을 알 수 있다. 그의 설리시는 죽은 학문에 대한 깨우침을 강요하는 것이 아니라, 정감을 지닌 인간의 심정을 체득하는 경지를 보여준다. 이러하기에 그는 시를 통해 더욱 공감대를 형성할 수 있었으리라 짐작된다. 이 시는 인자한 할아버지의 목소리로 손자에게 勸學의 意志를 북돋워주고 있기 때문이다.

---

128)『退溪先生文集內集』卷4, 〈今滉 寄示安道詩 二首〉 其二.

명성재

明誠의 지결은 대학과 중용인데
백록에선 양진하는 공부를 제시했네.
만 가지 이치는 한 근원이지 돈오가 아니라오
진실한 心과 體는 전공에만 달렸느니.

明誠齋

明誠旨訣學兼庸
白鹿因輪兩進功
萬理一原非頓悟
眞心實體在專攻[129]

시습재

날로 명성 일삼는 것은 새가 자주 나는 것 같아
때때로 거듭 생각하고 거듭 실천하네.
공부가 익을수록 체득이 깊어가니
입 당기는 고기 맛에 비교할 뿐이겠소.

時習齋

日事明誠類數飛
重思複踐趁時時
得深正在工夫熟
何啻珍烹悅口頤[130]

---

129) 『退溪先生文集內集』 卷5, <次韻奉酬安孝思見寄> 其三.
130) 『退溪先生文集內集』 卷3, <陶山雜詠 十八絶> 其九.

〈時習齋〉는 隴雲精舍에 있는 文人들의 處所이다. 時習齋는 『論語』의 "學而時習之 不亦說乎"131)에 근거를 두고 있다. 위의 두 시를 통해 '至誠이면 感天'이라는 말의 의미를 되새기게 된다. 그의 학문 자세는 『中庸』의 '스스로 誠해서 明한 것은 性이라 하고, 스스로 明해서 誠한 것은 敎라 하니, 誠하면 明해지고 明하면 誠해지는 것이라, 오직 천하에 至誠만이 능히 그 理性을 다 발전시키는 것이다'132)는 정신을 계승하고 있다.

〈明誠齋〉에서는 朱子의 『大學』 「誠意」章 改修에 대한 勞苦를 기리고 있다. 첫째 시에서 알 수 있듯이, 그의 '誠'에 대한 인식은 『中庸』뿐만 아니라, 『大學』의 「誠意」章을 통해 익힌 결실이었다. 承句의 '白鹿因輪兩進功'에서 '白鹿'은 朱子가 학문하던 곳을 가리킨다. 이 시구는 朱子가 『大學』의 「誠意」章을 改修하기까지의 노고를 기리는 마음이 담겨 있다. 朱子는 誠意가 반드시 致知와 결부된 것이 아니라, 오히려 自欺를 하지 않도록 삼가야 진정한 誠意를 행할 수 있다고 보았다. 그에 의하면, 誠은 참된 마음을 뜻하는데, 善을 행하고 惡을 미워할 줄 알면서도 마음의 발동이 참되지 못하여 自欺를 취한다면 致知해도 소용없는 것이다.133)

轉句의 '萬理一原非頓悟'에서는 학문이 찰나의 깨달음으로 발전하는 것이 아니라 공부를 끊임없이 밝게 하는 사람의 誠

---

131) 『論語』 卷之一, 「學而」.

132) 『中庸』 第21章. "自誠明 爲之性, 自明誠 爲之敎, 誠則明矣, 明則誠矣."

133) 鄭炳連, 「誠의 經典的 意義」, 『정신문화연구』 통권 41호, 한국정신문화연구원, 1990, 128면.

의 姿勢 속에서 더욱 발전할 수 있다고 표현한다. 誠을 갖추는 방법은 '專功'과 같이 專一하게 공부하는 것과, '重思複踐'과 같이 거듭 생각하고 거듭 실천하는 것을 통해 체득해야 한다.

이러한 체득의 묘미는 〈時習齋〉 詩의 結句 '何曾珍烹悅口頤'와 같이, 肉味를 탐하는 俗氣와는 차원이 다르다. 이 詩句에서 그도 또한 고기의 맛을 알아보는 인간임을 전제로 한 것은 凡人에게 심정적으로 한 걸음 다가가 일러주려는 시인의 모습이 내재한 것이다.

〈時習齋〉 詩는 凡人도 '明誠'의 理致를 체득한다면 비록 혼탁한 세상에 발을 딛고 살아가더라도 高尚한 風貌를 지닐 수 있음을 보여준다. 이 시에서는 퇴계 역시 남들처럼 고기의 맛을 알아보는 사람임을 자처하면서 凡人에게 심정적으로 한 걸음 다가가고 있다.

『도연명집』의 음주시에 화답하다(14)

舜·文王 떠난 지 오래고
조양의 봉황새도 오지를 않네.
상서로운 기린마저 멀리 갔으니
온 세상이 깜깜하여 취해 버렸네.
낙양과 민중을 우러러보니
뭇 어진 이 연달아 일어났구려.
우리는 늦게 나고 땅마저 외져
양식을 닦기에는 유독 어둡네.
아침에 도 들으면 저녁에 죽어도 좋다

이 한 구절 진실로 맛있는 말씀.

和陶集飲酒(十四)

舜文久徂世

朝陽鳳不至

祥獜久已遠

叔季如昏醉

仰止洛與閩

羣賢起鱗次

吾生晚且僻

獨昧修良貴

朝聞夕死可

此言誠有味[134]

　　퇴계 당시 이미 道가 사라져 혼탁한 世故들이 유행하므로, 이 시를 통해 그는 聖賢을 간절히 그리워하는 심정을 읊고 있다. 성현에 대한 간절한 그리움은 '吾生晚且僻 獨昧修良貴'로까지 치닫게 된다. 이 詩句에서 그리움의 絶頂을 보게 된다. 그는 마치 聖賢께 스스로를 변방에서 살 수 밖에 없는 모자라는 小生이라 아뢰듯 묘사하고, 그것은 자신의 운명적 아픔임을, 나아가 조선인들이라면 공유할 아픔임을 나타내고 있다.

　　'朝聞夕死可 此言誠有味'는 그가 『論語』의 '아침에 道를 들으면 저녁에 죽어도 가하다'[135]를 근거로 한 것이다. 퇴계는 삶

---

134) 『退溪先生文集內集』卷1, <和陶集飲酒 二十首> 其十四.

135) 『論語』卷之四,「里仁」. "朝聞道 夕死可矣."

의 의미가 반드시 無病長壽나 延命에 있지 않을 뿐만 아니라, 죽음과도 바꿀 수 있을 정도로 切緊한 道의 깨달음에 있다고 講하신 孔子의 말씀을 되새기며 작금의 어두운 마음을 진정시키고 있다. 이 詩句는 聖人의 道, 즉 '仁'의 精神을 펼친 孔子의 뜻을 기리는 퇴계의 마음이 내재해 있다. 〈和陶集飮酒二十首 其十四〉는 옛 성현에 대한 그리움의 정서가 주조를 이룬다. 나아가서 이 시는 성현의 발자취를 단지 책을 통해 살필 수밖에 없는 조선인의 아픔을 담고 있다.

『도연명집』의 음주시에 화답하다(15)

가까이 있는 도를 멀리에서 찾으며
도도히 안택을 비워 버리네.
이는 바로 철인이 남겨둔 말씀
따라서 心迹을 얻어야 하네.
진실로 이 한 말에 못 미친다면
백가지 들었다고 자랑함과 어찌 다르리?
괴이타 생각되는 초나라 광인의 무리
스스로 망령되이 흑백을 가리네.
성인을 만나고도 겸손 못하니
潔身이 도리어 애석하구려.

和陶集飮酒(十五)

道邇求諸遠
滔滔曠安宅
哲人有緒言

因可追心迹
苟未及惟一
何異誇聞百
常怪楚狂輩
妄自分黑白
遇聖不遜志
潔身還可惜[136]

이 시에서는 孔子와 같은 聖人의 경지를 추구하려는 굳은 의지를 읽을 수 있다. 그의 의지는 '苟未及惟一, 何異誇聞百'에서의 '惟一'로 표현된 바, 이것은 『書經』「大禹謨」의 '惟精惟一'을 근거로 한 것이다. 또 「大禹謨」에서는 '舜帝는 말씀하시되, … 人心은 위태해지고 道心이 미약해지니, 오직 精하게 오직 하나뿐인 그 中을 확고히 잡으라'[137]고 되어 있다. 이로써 미루어 보면 퇴계의 굳은 의지도 역시 잠재된 道心을 일으키려는 것이다.

'何異誇聞百'을 통해, 그는 만일 道心을 향한 자신의 의지가 꺾인다면 이것은 마치 『莊子』「秋水」에 등장하는 河伯처럼, 道를 백 가지나 들었다고 뽐내는 사람과 다를 바 없다고 생각하고 있다. 하백과 유사한 인물로 퇴계는 接輿를 예시하고 있다. '常怪楚狂輩, 妄自分黑白'에서 나타나듯이, 楚나라의 狂人으로 알려진 接輿는 道의 천하를 이루기 위해 周行하는 孔子

---

136) 『退溪先生文集內集』卷1, <和陶集飲酒 二十首> 其十五.
137) 『書經』第一卷, 「禹書」 <大禹謨>.

에게 隱居의 시기임을 일러준 일로 인하여, 불손한 사람으로
알려지게 된다. '遇聖不遜志 潔身還可惜'을 보면, 본래 隱者의
潔身 意志는 불손함과는 다름을 알 수 있다. 즉, 진정한 隱者
일수록 道義를 함양하더라도 더욱 겸손할 수 있는 것이다.

　하지만 隱者들이 100 퍼센트 이러한 경지에 도달한다고 볼
수는 없을 것이다. 마지막 시구에서 퇴계는 이것을 헤아리고
있다고 하겠다. 潔身이 결국 汚名을 초래하면 初發心의 意志
가 무의미해짐을 아깝게 여긴 것이다. 아무리 극악무도한 자들
일지라도 일단 퇴계는 不仁으로 치달은 그들의 마음속에 파묻
혀 버린 道心의 微末을 생각하게 된다. 〈和陶集飮酒二十首
其十五〉에서 그는 不仁한 이들을 예로 들어, 道理를 공부할수
록 더욱 겸손해야 할 것을 지적하였다. 그러면서도 퇴계는 이
들의 內心에 파묻혀버린 道心의 微末을 아까워하고 있다.

관어석

知魚를 말한 莊子 惠子 논리 너무 뛰어나서
沂公의 솔개 난단 그 말과는 같지 않네
지금 사람 이 이치를 만약에 안다면
함께 와서 천연대 구경하길 마다 마소.

觀魚石

知魚莊惠論超然
不似沂公說對鳶
此理今人如會得
莫辭來共玩天淵[138]

〈觀魚石〉은 王母山城 아래 高世臺 근처에 있는 바위다. 이 시에서 그는 '魚(물고기)'와 '鳶(솔개)'을 소재로 하여 道의 理致를 풀이하고 있다. '知魚莊惠論超然'은 『莊子』의 「秋水」에 삽입된 이야기를 근거로 한 것이다. 莊子와 惠子가 호숫가를 逍遙하며 문답한 내용은 바로 물고기가 노닐며 스스로 그 천성을 즐겨 物我를 잊은 것이 바로 곧 眞으로 돌아가는 극치라는 점을 내포한다.[139] 이들의 이야기에 대해 퇴계는 '超然'한 것으로 보아, 脫現實을 추구하지는 않고 있다.

사실상 퇴계가 하고 싶은 말은 承句의 '不似沂公說對鳶'에서 시작된다. 그는 '沂公' 즉, 『中庸』에서 '鳶飛魚躍'이 곧 天淵의 이치가 지닌 조화로운 현상을 비유한 것임을 간파하고 있다. 『中庸』에 의하면, '『詩經』에는, 솔개는 날아서 하늘에 돌고, 물고기는 못에서 뛰논다' 하였으니, 이 말은 솔개와 물고기가 자유 의지대로 노닐어도 제각기 하늘이 부여한 分數에 들어맞는 것이어서 자연스럽게 조화를 이룸을 비유하고 있다.

인간의 삶도 이러한 자연의 이치와 같아야 순조로울진댄 자칫 無道한 세상에서는 하늘의 뜻을 벗어나기 쉬운 것이다. 그러하기에 퇴계는 勝景地에 가게 되면 경치의 빼어남보다는 자연의 이치를 확인하고자 하였다. '此理今人如會得, 莫辭來共玩天淵'에서 그는 天淵臺가 바로 天然의 理致를 지닌 조화로운 곳임을 보여준다. 또한 이 詩句에서 그는 서로 의기투합하

---

138) 『退溪先生文集內集』 卷4.

139) 金達鎭 譯解, 『莊子』, 고려원, 1991, 237면.

여 天淵臺로 향할 同好人을 기다리고 있다.

〈觀魚石〉을 통하여, 그는 天命을 거슬리지 않으려면 鳶飛魚躍과 같은 자연의 조화로움을 본받아야 한다고 보았다. 아울러 그는 천연의 이치를 그대로 玩賞할 수 있는 곳이 바로 天淵臺임을 확신하며, 거기에 가서 함께 천리를 볼 줄 아는 동호인을 기다린다.

관란헌

넘실넘실 저 이치 어떠한가
이와 같단 한탄을 공자님이 말하셨네.
다행히 도의 전쳴 이로써 보았으니
잠시나마 공부를 사이 뜨게 말아다오.

觀瀾軒

浩浩洋洋理若何
如斯曾發聖咨嗟
幸然道體因茲見
莫使工夫間斷多[140]

지숙료

계서를 장만함이 없이 그대 만류한 것 부끄럽군
내 또한 처음부터 새 짐승 떼가 아니었네.
스승 따라 바다 떠갈 그 뜻을 가지고서
마주 앉아 밤새도록 이야기나 실컷 하세.

---

140) 『退溪先生文集內集』卷3, 〈陶山雜詠 十八絶〉 其八.

止宿寮

愧無鷄黍謾留君
我亦初非鳥獸羣
願把從師浮海志
聯末終夜細云云[141]

〈觀瀾軒〉은 隴雲精舍의 마루인데, 낙동강을 볼 수 있는 곳
이어서 의태어 '浩浩洋洋'을 사용하여 물이 흐르는 모습으로
묘사되어 있다. 觀瀾軒은 『孟子』의 "觀水有術 必觀其瀾"[142]
에 근거를 두고 있다. 이것은 君子의 修養이 물의 漸進性과
같다는 데에서 유래한 말이다.[143] 『論語』에는 孔子가 강가에
서서 이르기를, 흘러가는 것은 이와 같은가. 밤낮을 가리지 않
고'[144]로 되어 있다. 承句의 '如斯曾發聖咨嗟'를 통해, 그는 밤
낮을 가리지 않고 흐르는 물처럼, 스스로 끊임없이 공부하며
노력해야 함을 비유하고 있다. 특히 '聖咨嗟'에 나타난 탄식은
학문의 길이 강물 흐르듯 무궁함에도 불구하고, 점차 노쇠해지
는 生을 절감한 고뇌의 소리라 하겠다. '幸然道體因玆見, 莫使
工夫間斷多'에서 그는 근원이 풍부한 물을 통해 '道體'를 보며,
이처럼 '間斷'이 없이 공부하겠다는 자세로 마음을 추스르고
있다.

---

141) 『退溪先生文集內集』卷3, 〈陶山雜詠 十八絶〉 其十.

142) 『孟子』卷之十三, 「盡心」上 .

143) 諸橋轍次(심우성 옮김), 『공자 노자 석가』, 동아시아, 2001, 35면.

144) 『論語』卷之九 , 「子罕」. "子在天上曰, 逝者如斯夫. 不舍晝夜."

이 시를 통해, 그는 『論語』에 나타난 학문의 이치와 수양의 의미를 되새긴다. 〈觀瀾軒〉詩에서 그는 흘러가는 물을 보고 道體를 깨닫는다. 그는 학문의 길이 이처럼 구궁함에도 불구하고, 점차 노쇠해지는 자신의 生을 절감하며 고뇌하고 있다.

〈止宿寮〉詩 역시 『論語』에 내포된 삶의 가치를 보여 주는 것으로, 이는 師弟間의 交遊 속에서 이루어진다. 止宿寮는 『논어』의 "子路拱而立 止子路宿 殺鷄爲黍而食之"[145)]에 근거를 명칭이다. 起句의 '愧無鷄黍謾留君'은, 孔子가 子路를 대접한 일을 미루어 보며, 素膳으로 제자를 맞이하는 미안함을 오히려 '愧'로 표현한 것이다.

承句의 '我亦初非鳥獸群'을 보면, 세상에는 '鳥獸' 즉 禽獸와 같은 무리들이 많이 있지만 그들처럼 道義 없이 살아갈 수는 없다. 따라서 퇴계는 스승에 의해 올바른 가치관을 갖고 살아가는 제자로서 과격한 子路를 예시하게 된다. '願把從師浮海志, 聯末終夜細云云'에서 알 수 있듯이, 孔子가 뗏목을 타고 해외로 떠날지라도 유일하게 동행할 의리를 가진 子路를 심지 굳은 제자로 대하고 있다. 이 같은 제자라면 퇴계는 얼마든지 밤을 지새우며 가르칠 수 있다고 하여, 스승의 정감은 제자와 함께 있는 즐거움으로 나타난다. 즉, 〈止宿寮〉詩에서는 심지 굳은 제자와 그 스승의 즐거운 만남을 형상화하고 있다. 그 속에서 퇴계는 禽獸 같은 무리들에 의해 제자 또한 德을 잃을까 염려하고 있다.

---

145) 『論語』卷之十八 ,「微子」.

학문을 강구하며

同流合汚 기세 넘치면
墜緖는 아득하여 찾아내기 쉽질 않아.
인륜만을 향하여 道 다할 것 밝히고서
情性을 인해 다시 마음보존 체득하세.
糟粕이 妙를 능히 전한단 걸 깨쳐야만
熊漁가 어느 것이 맛 좋은 줄 알게 되리.
한스럽다, 산마을에 유익한 벗 없으니
종일토록 齋居하여 마음 홀로 조마조마.

講學

同流亂德勢侵淫
墜緖茫茫不易尋
只向彝倫明盡道
更因情性得存心
須知糟粕能傳妙
始識熊魚孰味深
却恨山樊無麗澤
齋居終日獨欽欽[146]

　　首聯 上句의 '同流亂德'은 同流合汚, 즉 一身의 私利私慾만
을 일삼는 무리들과 어울릴 경우에는 누구든지 道心을 발휘할
德을 손상하게 된다는 것을 의미한다. 이렇게 '亂德'으로 흘러
버리면, '墜緖'와 같이 가느다란 道의 한 끝마저도 찾지 못하게

---

146) 『退溪先生文集內集』 卷3, <和子中閑居 二十詠> 其一.

된다. 따라서 그는 頷聯을 통해, 삶의 목표는 人倫을 향한 것이어야 하며, 이것을 구현하기 위해서는 道를 밝혀야 함을 나타내었다.

그는 도를 밝히는 방법으로 性情을 함양해 '存心'을 체득할 것을 권한다. '存心'을 체득한 연후에야 비로소 聖人의 古書들이 죽은 학문의 '糟粕'이 아니라, 生의 眞理임을 알 수 있으며, '熊魚'에 담긴 舍生取義의 精神을 실천할 수 있게 된다. '熊魚'는 『孟子』「告子」의 '生鮮도 내가 원하는 바요, 熊掌도 내가 원하는 바이다. 두 가지를 아울러 얻지 못한다면, 生鮮은 버리고 熊掌을 취하겠다'[147)는 말을 빌어 쓴 것이다. 이 말은 목숨을 버리고라도 義를 반드시 취하겠다는 뜻을 보인 것이다.

尾聯에서 그는 同流合汚의 狀況에 휩쓸리는 것을 멀리 하므로, 온 종일 山房에서 愼獨한다는 뜻을 전하고 있다. '愼獨'의 生活에는 道義를 위해서 감내해야 하는 외로움 또한 공존하게 된다. 이러하기에 그는 '却恨'을 통해 선비의 외로운 심정을 표출한 것이다.

〈和子中閑居二十詠 講學〉에서 그는 사리사욕만 일삼는 속물들과 어울리느니 차라리 홀로 道義를 지키며 살겠다는 다짐을 하였다. 그러므로 선비의 외로운 마음을 담고 있는 것이 이 시다.

---

147)『孟子』卷之十一,「告子」上. "魚我所欲也. 熊掌亦我所欲也. 二者不可得兼, 舍魚而取熊掌者也."

독서는 산에 노니는 것과 같다

사람들 말로는 글읽기가 산놀이 같다는데
지금 보니 산놀이가 글 읽기와 꼭 같으네.
공과 힘을 다할 때는 아래로부터라
깊건 얕건 얻은 곳은 모두 저로 말미암네.
구름이 이는 것 보면 묘리를 알게 되고
源頭에 당도하면 시초를 깨닫느니.
絶頂에 오르는 것은 그대들이 힘쓸 일
老衰로 걷어치운 이 몸이 부끄러워.

讀書如游山

讀書人說遊山似
今見遊山似讀書
工力盡時元自下
淺深得處摠由渠
坐看雲起因知妙
行到源頭始覺初
絶頂高尋勉公等
老衰中輟愧深余[148]

퇴계는 실제로 두류산, 청량산 등지를 오르내렸으므로, 거기
에서 우러난 浩然之氣를 游山錄의 제작을 통해 확인하기도
하였다. 이 시는 등산의 체험에 빗대어 공부법을 알려주고 있
다. 따라서 학자의 길을 산의 정상에 오르기까지의 험난한 과

---

148) 『退溪先生文集內集』 卷3.

정에 비유한 점은 이 시가 바로 관념적 설리시가 아닌 생활 체험에서 우러나온 것임을 보여준다.

頷聯을 보면, 학문하는 자세는 立志하여 첫걸음을 내디딜 때 오히려 熱과 誠을 다해야 함을 일깨운다. 왜냐하면, 어떻게 습관을 들이느냐에 따라 제각기 학문의 '淺深'이 결정되기 때문이다. 頸聯은 하늘과 가장 가까운, 산의 정상에서 우주만물을 바라볼 때일수록 浩然之氣가 더욱 확충되는 것처럼, 학문 성취의 절정을 깨달을 때일수록 '始覺初', 즉 터초의 순수한 본연의 상태를 회복한다는 의미이다.

尾聯에서 그는 제자들에게 이러한 경지를 이루도록 권하고 있다. 그는 老衰한 자신의 몸에 빗대어 몸이 늙으면, 뒤늦게 아무리 공부하고 싶은 마음이 생겨도 성취하기 어려움을 암시하고 있다. 그도 이제 제자들과 함께 예전처럼 열과 성을 다할 수 없는 나이가 되었음을 부끄럽게 여기고 있는 '老衰中輟愧深余'에 이르러 情感의 流露를 감추지 못하고 있다.

앞에서 이미 지적한 바와 같이, 퇴계는 스스로 체험적인 삶의 문제와 마주하게 될 때 情感의 流露를 抑止하지 못한다. 퇴계도 다른 사람과 마찬가지로 누군가와의 死別을 겪었을 경우, 인간의 有限性과 이에 대한 絶望感을 극복하기 어려웠을 것이다. 이 때에 지은 설리시에는 설리적 언표보다는 고독과 비애의 정감이 무르녹은 감성의 체취가 살아 있다.

성주 황중거 만사(1)

일찍이 문장으로 드날리다 늦게야 길을 바꾸어
벼슬 살며 학문하여 아울러 넉넉코자 하였네.
勤苦가 날로 쌓여 온갖 병이 모여드니
돌아오던 도중에 萬事는 다 끝났네.
陶舍의 강습은 먹은 마음 어기었고
錦溪의 藏修는 포부도 헛일이었나.
매양 朱子 글을 남과 함께 읽을 적에
추억하는 눈물을 몇 번이나 흘릴꼬.

黃星州仲擧挽詞(一)

早騁詞華晩改求
仕中爲學欲兼優
勤劬積日千痾集
歸去中途萬事休
陶舍宿心違講習
錦溪幽抱失藏修
朱書每與人同讀
幾憶平生淚共流[149]

성주 황중거 만사(2)

拔群하듯 글재주 俗을 벗은 모습인데
하늘이 준 그 운명은 어찌 저리 기구했나?
벼슬길은 미꾸라지가 간대에 오르는 것 같고

---

149) 『退溪先生文集內集』卷3, <黃星州仲擧挽詞 二首> 其一.

푸른 인끈은 봉황새가 가시 숲에 깃든 때라네.

비방은 산 같아 뭇 입김에 휘날리고

한 항아리 양식도 집에 없이 궁한 사람 구제했네.

그대 같은 晩節은 더욱 어찌 숭상하리

뒷날에 동지가 있어 스스로 알리라.

黃星州仲擧挽詞(二)

穎脫爲文出俗姿

天胡賦命獨多寄

靑雲正似鮎竿日

綠綬還同鳳棘時

謗有丘山飄衆煦

家無甔石濟窮慈

如君晩節尤堪尙

後有同心只自知[150]

위의 두 시를 통해 퇴계는 제자 錦溪 黃仲擧의 죽음을 추모하고 있다. 錦溪는 聾巖의 孫壻가 된 이후 퇴계를 만났으며, 그의 마을을 오가며 가르침을 받았다. 금계는 향촌의 부임지에 갈 때마다, 그곳의 서원을 신축하거나 보수하ㅇ 마을 사람들의 교육을 도모했다. 퇴계가 別世하기 7년 전에 그가 이미 卒하니, 퇴계는 行狀을 지어 제자의 삶을 빛내주었다.

〈黃星州仲擧挽詞 二首〉를 통해 그는 '勤苦' 때문에 졸한 제자의 학문 정신을 드높이고, 시련에 굴하지 않은 삶을 稱揚하

---

150)『退溪先生文集內集』卷3, 〈黃星州仲擧挽詞 二首〉 其二.

였다. 첫째 首의 首聯 下句의 '仕中爲學欲兼優'에서, 退溪는 『論語』의 '벼슬하여 넉넉하면 배우고, 배워서 넉넉하면 벼슬한다'151)를 근거로 하여, 벼슬길에 오른 제자가 학문을 멀리하지 않아 고결한 삶을 살았음을 나타냈다. 領聯의 '勤劬積日千痾集, 歸去中途萬事休'에서, 퇴계는 금계가 萬事를 '勤苦'하다가 外職을 마치고 귀향하는 도중에 卒하였음을 밝힌다. 尾聯의 '朱書每與人同讀, 幾憶平生淚共流'에서, 退溪는 '勤苦'했던 제자를 잃었으므로, 스승을 저버린 그를 생각하면 흘릴 눈물조차 원망스러운 심정임을 시화하고 있다.

둘째 首에서 퇴계는 금계의 인품을 칭양하였다. '穎脫', '鮎竿', '鳳'으로 금계의 비범함을 드러내었다. 그러나, 頸聯의 '謗有丘山飄衆煦'에서는, 한 言官의 謀害로 사헌부에서 파직된 일을 떠올려 그의 삶에 시련이 있었음을 나타내고 있다. 이러한 시련에 굴하지 않은 그의 인품을 퇴계는 '晚節'이라 칭양하고 있다. 尾聯 下句의 '後有同心只自知'에서 보여준 퇴계의 완곡한 敍懷는 결코 예사로운 시인의 것이 아니다.

조송강 만장

높은 모습 끊어지니 士林이 슬퍼해라
松岡은 소슬한데 부질없이 달만 떴네.
黔婁 선생 아내는 斜被를 마다했고
양진의 옛 손님은 却金에 부끄렸네.

---

151) 『論語』 卷之十九, 「子張」. "仕而優則學, 學而優則仕."

천상에 記 짓는 일 사면할 수 없고말고
세상에선 知音을 만나기 어렵겠군.
백발로 손잡던 날 그게 바로 永訣이라
생각사록 눈물이 옷깃을 적시누나.

趙松岡軏章

望斷高標慘士林
松岡蕭瑟月空臨
黔妻不願餘斜被
震客曾慚却餽金
天上豈容辭作記
人間難復遇知音
白頭握手仍成訣
長憶平生淚滿襟[152]

退溪는 永遠한 自然과 有限한 人間의 삶을 대비하고, 자연
물에 비해 상대적으로 짧은 인생임을 실감한다. 그는 인생이
짧기 때문에 인간이 추구하는 학문 정신은 변함없이 살아 있
어야 한다는 점을 보여준다.

首聯 上句의 '望斷高標慘士林'은 덕망 높은 선비를 잃은 슬
픔을 이렇게 말한 것이다. 그 下句의 '松岡蕭瑟月空臨'에서 시
인은 풍류를 함께 한 벗은 사라졌으나, 달은 변함없이 떠오름
을 보고, 자연물에 비해 상대적으로 유한한 인생임을 실감한

---

152) 『退溪先生文集內集』 卷2.

다. 그럼에도 불구하고, 퇴계는 비탄에 치우치기보다는 時限附
人生이기 때문에 더욱 가치 있게 살아야 함을 보여주었다. 즉
그는 '黔婁'와 '楊震'의 故事를 빌어, 이들처럼 義를 지향한 조
송강의 삶을 칭양한 것이다.

곽함양 만사

천리에 다다른 汗血이라면
구만리를 날고자 하는 大鵬일세.
宣城에선 鸞새 떠나 사모하고
天嶺에선 鵬이 와서 놀래었다오.
어머니의 눈물은 땅을 뚫는데
친구들의 심정은 하늘 탓하네.
웃고서 얘기한 적 어제 같으니
幽明이 간 막혔다 뉘 이르리오?

挽郭咸陽

汗血臨千里
南圖擬萬程
宣城鸞去慕
天嶺鵬來驚
徹地慈親淚
咨天識友情
笑言如昨日
誰道隔幽明 153)

---

153) 『退溪先生文集內集』 卷5.

이 시를 통해 퇴계는 咸陽 郭景靜의 죽음을 추모하고 있다. 退溪는 〈郭景靜城主 求題山水畵幅 五絶〉, 〈奉別郭景靜城主〉 등을 통해 곽경정의 인품과 善治한 공로를 시화한 바 있다. 그는 病死한 것이 아니라 任地에서 突然死를 당했다. 갑작스런 訃音을 들은 퇴계는 죽음에 의한 그와의 단절과 이로 인한 비애감을 형상화하였다.

퇴계는 '汗血', '大鵬'을 통해 곽경정의 비범함을 보여주었다. 이 시어들에는 아까운 인재를 잃었다는 사실을 애통해하는 마음이 담겨 있다. 頸聯 上句의 '徹地慈親淚'에서는 어머니의 슬픔이 땅을 뚫는다고 하여 자식 잃은 어머니의 심정을 헤아려 보게 된다. 이 詩句는 퇴계시 가운데서도 가장 강렬한 비애감을 형상화한 것이라 하겠다. 尾聯의 '笑言如昨日, 誰道隔幽明'에서 퇴계는 인간이란 언제 죽을지 모르는 유한한 생명체임을 확인하고, 肉眼으로 대할 수 없는 그를 哀悼하고 있다.

정부인 김씨 만사

연안 김씨 계보는 지난 날 벼슬 집안
이제 다시 시집가서 큰 영화를 얻었구려.
반 세상에 그리 많이 길한 꿈을 이뤘는데
중도에 왜 갑자기 슬픈 고독 되었을까?
열여덟 해가 지나가서 황천에 은혜 젖고
아들 벼슬 경사 나자 한 달 만에 세상 떴네.
약한 풀 나는 티끌 빈들 통분하게 여기지 않으리
같은 塋域에 의지한 것 도리어 다행이어라.

貞夫人金氏挽詞

延安金譜舊簪纓
今復移天得顯榮
半世已多徵吉夢
中途何遽作哀惸
恩霈夜隨年雙九
慶到兒官月缺盈
弱草驚塵誰不痛
歸依還幸是同塋[154]

이 시를 통해 퇴계는 兄嫂를 追慕하고 있다. 퇴계 당시까지 만 해도 부인의 輓詞는 作詩하는 것 자체를 기피해왔다. 그러나 퇴계는 아무렇게나 과장해 짓지만 않는다면 부인의 喪에도 작시할 수 있다고 하였다. 그는 시의 격조를 떨어뜨리는 것이 아니라면, 그 대상에 차이를 두지 않았다. 위의 貞夫人 金氏는 퇴계의 급문제자 이영의 母堂이기도 하다.

이 시의 흐름은 吉凶禍福이 交叉하는 삶의 過程으로 이루어진다. '簪纓', '顯榮', '吉夢'에서는 貞夫人 金氏의 삶이 福樂을 누릴 수 있는 운명임을 비유하였다. 그러나 '哀惸'에 이르러 溫溪가 士禍에 희생되어 喪夫하게 되자, 그의 처지가 反轉된다. 또다시 퇴계는 頸聯 下句의 '慶到兒官'을 통해, 仲男 이영이 옛 榮冠을 회복해주었음을 말하고 있다. '月缺盈'이 그것이다. 이러한 慶事도 貞夫人 金氏는 한 달밖에 누리지 못한 채

---

154) 『退溪先生文集內集』 卷5.

他界하고야 만다.

　퇴계는 형수의 죽음을 '弱草驚塵'으로 형상화하였다. 인간은 사실 대자연 속에서 한갓 티끌 같은 존재로 살다가 죽는 것이다. 퇴계는 인간이 티끌 같이 사라지는 것을 보며, 虛慾이 없이 순리대로 사는 삶의 이치를 확인하고 있다. 이 시를 통해 그는 吉凶과 禍福 속에서 결국 티끌처럼 사라져버리는 것이 인생의 마침임을 보여주었다. 始終 인간은 塞翁之馬와 같은 인생의 굴곡 속에서 지조를 갖고 담담하게 살아가야 삶이 자연스러울 것이다.

第3節. 述懷詩의 健康

　述懷詩의 공통적인 특징은 시인이 스스로 지나온 生을 反芻하며 정연한 모습으로 돌아와 懷古하는 것이다. 체념과 쓸쓸함 같은 인생의 허무함 내지 人生無常을 노래하는 것이 대부분이기 때문이다. 그러므로 시인에 따라서는 이때의 마음 상태가 울분이나 고통과 같은 부정적 성향으로 흐르게 되는 것도 어찌할 수 없는 노릇이다.

　그러나 퇴계의 술회시는 체념이나, 울분이나 고통과 같은 부정적 의미와는 거리가 있다. 다시 말하면, 퇴계시가 지닌 述懷的 性格은 극도의 감상에 치닫는 것이 아니라, 시적 대상의 심정을 이해하고 그를 정감적으로 다독거리는 것이어서 긍정적인 의미를 지닌다. 그러므로 퇴계시에서 발견할 수 있는 그것을 '述懷詩의 健康'이라 이름하여도 좋을 것 같다.

퇴계의 술회시는 거개가 和答詩로 제작된 것들에서 그 특징을 파악할 수 있다. 화답시는 贈로 받은 시에 和韻하여 酬報하는 시를 뜻한다. 화답시로 보답하는 시인의 모습은 인간적 친밀감을 소중히 여기고 그것을 잘 유지해가는 삶의 넉넉한 태도를 반영하는 것이다. 다만, 누구와 和韻을 하느냐에 따라, 시의 내용은 달라진다. 그 이유는 시인이 대상을 향하여 胸懷를 털어 놓으며 대화를 하기 때문이다. 퇴계의 화답시는 상호의 고민거리를 제재로 하여 詩想이 전개된다. 하지만, 시인이 中正한 마음을 잃지 않아서, 극도의 감정에 치닫지 않고, 술회시의 건강을 보여준다. 퇴계의 시정신은 긍정적인 삶의 의미를 확인하고, 이로 인해 그는 溫柔敦厚한 모습으로 화응하게 된다. 따라서 화답시의 술회적 성향은 정신세계의 중요한 단면을 비추는 거울과도 같은 것이다.

앎을 지향한 中年期 以後의 退溪의 詩世界는 자신의 學問觀과 합치되어 있다. 그의 학문은 爲人之學보다는 爲己之學으로, 곧 聖學에 충실하려는 것이었다. 그는 聖學에 감화된 심정을 道友 앞에 會心으로 다가간다. 또, 그는 자신의 뜻을 이해하는 知音에게 聖學으로 和應하게 된다. 한편, 당시의 현실은 겸선하기 어려운 상황이었으므로, 治世의 道가 성학에 기반을 둘 수 없게 되었다. 그는 都城의 宦路 生活보다는 江湖의 閑寂한 生活 속에서 성학을 研磨하고자 하였다. 이로 인하여 그는 出處進退의 葛藤을 겪게 되며, 쉽사리 이때의 悔悟를 詩化하게 된다.

삶의 의미를 구현한 퇴계의 晚年의 詩世界는 자신의 인생관과 합치되어 있다. 인욕을 끊고 천리를 보존하며 사는(遏人慾存天理) 것이다. 그는 화답시를 통해 이러한 자신의 인생관을 투영하여 道友와 和應하기도 한다. 그에게 있어서 삶의 이치는 곧 하늘의 이치이다. 퇴계의 사유인식은 대자연의 모든 생명체에서, 심지어 풀 한 포기에서도 하늘의 이치를 생각하는 것이다. 이는 그의 사유인식이 인간에 국한되지 않고 우주에 걸쳐 있기 때문이다. 그의 화답시 또한 이 범주에 속한다. 그래서 그는 梅花와 菊花를 시적 대상으로 하여 화답시를 제작하기도 한다. 매화를 酷愛하는 그의 마음은 매화를 의인화한 것에 그치지 않고, 매화를 의인화하여 知音 以上의 人格을 부여한다. 또, 그는 국화의 시들어버린 外樣을 보고, 그것에 노쇠해진 자신을 투사해 보기도 하지만 국화의 苦節을 상기하며 無常感을 극복하기도 한다.

1. 出處의 悔悟와 葛藤

出處를 제대로 행하기 어려울 때, 시는 오로지 들고 나는(出入) 모든 일이 자신에게 잘못이 있음을 뉘우치고 깨닫는 내용으로 채워지기 일쑤여서 悔悟的 性格을 지닌다. 40대 후반, 퇴계는 出處와 進退가 뜻과 같지 않을 때, 심한 갈등을 겪게 되며 그 잘못에 대한 책임을 스스로 뉘우치고 깨닫게 된다. 이때 그는 여러 편의 次韻詩를 통하여 그 心懷를 풀어 놓고 있다.

156 退溪 李滉의 詩文學 研究

경열, 경림에게 차운하다(1)

朽拙하여 몸은 자연 병이 많으니
번화한 생각 쉽게 끝나네.
어찌 알았으리오, 임금께서 서한을 내릴 줄을
또 다시 道山으로 들어온다네.
스스로 부끄럽네, 荒疎한 學問
추한 몰골 남이 보면 경계하리라.
격려해 준 그대가 감사코 말고
보배를 얻고도 갚질 못하네.

次韻景說·景霖(一)

朽拙身多病
繁華意易闌
那知宣札下
復入道山間
自愧荒疎學
人警醜瘦顔
感君加策勵
獲寶不知還[155]

경열, 경림에게 차운하다(2)

읽어보니 새 시가 정말 좋아
그리움에 묵은 한이 끝나는 것을.
蓬門에서 三餘를 옹글게 녹이며

---

155) 『退溪先生文集內集』 卷1, <次韻景說·景霖 二首> 其一.

만권서 읽었구려, 碧窓 옆에 앉아.
병이 심해 남은 힘 전혀 없는데
임의 은혜 그리 깊어 부끄럽다오.
진실로 견마의 노를 본받기 어려울 뿐
일부러 돌아가려는 것은 아닐세.

次韻景說·景霖(二)

相見新詩好
想思舊恨闌
三餘蓬觀裏
萬卷碧窓間
病劇無遺力
恩深只厚顔
誠難效犬馬
非是故言還[156]

위의 두 시는 퇴계가 宦路 生活을 떠나 있을 때 지은 것이다. 그에게 다시 出仕의 消息이 전해지자, 道友들이 퇴계로 하여금 학문적 포부를 펼 것을 격려하였으니, 퇴계는 자신의 심정을 담아 그들의 시에 和韻한 것이다.

첫 번째 시에서 퇴계의 심정은 頸聯 上句의 '自愧荒疎學'을 통해 알 수 있듯이, 스스로 부끄러워하는 마음으로 나타난다. 퇴계는 하늘을 우러러 보아 자신에게 추호도 부끄러움이 없어야 한다는 생각으로 살았다. 벼슬길은 부귀영화의 지름길인 동

---

156) 『退溪先生文集內集』 卷1, <次韻景說·景霖 二首> 其二.

시에 언제라도 사리사욕이라는 흙탕물을 묻힐 수 있는 길이므로, 퇴계는 외롭게 산 속의 오솔길을 걸을망정 벼슬길을 걷고 싶은 미련이 없었다.

그러므로 퇴계는 病이 깊은 몸임을 자처하여 벼슬길에는 머물러 있지 않을 생각이었다. 그는 '나는 본래 고루하여 山野에 묻혀 사는 사람이라, 취할 만한 조그만 착함도 없고, 취할 만한 한마디 말도 없는 사람인데, 도리어 잘못 전해진 이름 때문에 잘못된 벼슬이 잦고 보니 부끄럽고 두렵다'고 털어 놓았다.157) 首聯 下句의 '繁華意易闌'을 보면, 그는 兼善을 행하기 어려운 현실을 떠나 時事를 잊고 사는 숨은 선비의 모습으로 존재한다.

두 번째 시는 숨은 선비의 閑寂한 삶을 형상화하면서 전개된다. 首聯은 人跡이 드문 곳에서 받아보는 道友의 시편이 오랫동안 가슴에 묵혀온 그리움을 위무해준다는 것이다. 頷聯에서는 숨은 선비처럼 살아가는 그의 日課가 무엇인지를 알 수 있다. 즉, 하루하루를 讀書三餘로 여겨 讀書三昧를 행하는 것이 그의 일과였다.

이렇듯 학문의 즐거움을 만끽하며, 世俗을 잊으려는 그의 心思는 임금의 부름을 받게 되자, 고민거리로 가득 채워진다. 頸聯과 尾聯에서 나타나듯이, 그는 出處의 義를 고민한 것이다. 퇴계는 고백하기를, '나의 進退는 前과 後가 다른 것이다. 前에는 命이 있으면 곧 달려갔고 後에는 부르면 반드시 辭退

---

157) 丁淳睦, 『退溪評傳』, 지식산업사, 1987, 242면.

하였으며, 가더라도 오래 머무르지 않았다. 그것은 자리가 낮으면 책임이 가볍고, 벼슬이 높으면 책임이 크기 때문이다. 어떤 옛 사람은 大官을 제수 받으면, 곧 달려가서 임금의 은혜가 지극히 무거우니 어찌 물러갈 수 있을까 하였다지만, 나는 그렇게 생각하지 않는다. 만약 出處의 義를 돌아보지 않고 한갓 임금의 총애만을 중히 여기면 이것은 君臣間의 禮와 義가 아니라 爵祿 때문이니 옳겠는가'라고 하였다.[158] 尾聯 上句의 '誠難效犬馬'를 통해, 그는 道友로부터 出仕함을 축하받기에 앞서 忠心을 發奮하고 있다.

말 위에서 민경열 시에 차운하다

봄날의 질펀한 길이 한눈에 들어오는데
오가는 행인들은 모두가 수심에 차 있네.
학의 등에 걸앉아 丹峽을 노닌다면
소를 타고 函關 지난 老子가 부러우리.
헤어졌다 만나는 건 둑에 나는 먼지라면
예 이제는 한결같이 늪에 감춘 산이로세.
진실로 마음이야 聖恩을 생각하지만
병든 몸은 閒地에 있어야 마땅하오.

馬上次閔景說韻

浩浩春泥一望間
行人愁去復愁還
但能乘鶴遊丹峽

---

158) 丁淳睦, 앞의 책, 245면.

何羨騎牛度紫關
離合正如塵起陌
古今猶似澤藏山
心懸魏闕誠無奈
老病由來合置閒[159]

이 시는 朝市의 길거리를 지나다가 세상살이에 대한 느낌을
외면할 수 없어서 지은 것이다. 首聯과 頷聯은 시상이 서로
대비되어 있다. 首聯은 하늘아래 땅을 밟고 살아가는 인간이
면 누구나 겪는 불편한 삶을 묘사한 것이다. 계절은 解氷期로
접어들자, 이러한 자연현상에 순응하며 살아야하는 인간은 걸
음걸음이 불편할 뿐이다. 首聯 下句의 '愁去復愁'에 담긴 근
심, 걱정은 곧 퇴계의 심정을 집약적으로 보여준다.

陶淵明이 무릉도원을 꿈꾸듯, 퇴계는 이 불편한 순간에 신
선을 꿈꾸어 본다. 頷聯 上句는 신선이 鶴을 타고 하늘을 날
며 자유자재하게 逍遙함을 그려 본 것이다. 하지만 그 下句의
'何羨'에 이르러 퇴계의 심정은 변하고 있다. 스스로가 老子도
아니고 게다가 신선도 실존하지 않을 바에야 그들을 부러워하
지 말고, 불편한 삶을 담담하게 받아들이자는 것이다.

頸聯의 '塵起陌'처럼, 우주 속에서 인간의 離合이란 먼지가
모였다 흩어지는 것에 불과하므로, 더욱더 집착을 버리고 담담
하게 살아야 한다는 것이다. 이러한 그의 생각은 尾聯의 詩想
으로 이어지는 바, 이는 聖恩만 간직할 뿐, 벼슬자리가 과분함

____

159)『退溪先生文集內集』卷1.

을 깨달아, 한적한 곳에 물러나겠다는 뜻으로 표현된다.

병중에 손님이 와서 관동의 산수를 이야기하므로
아득히 멀리 상상하며 다시 前韻(詩)에 화답하다

세든 집 깊은 곳이라 廛市 소리 멀어지니

平常의 늦가을이라 갓 개인 늦가을이 사랑스럽네.

곧곧한 삼나무는 바람 앞에 우뚝하고

곱디고운 국화는 서리 아래 꽃피었네.

散地라 몸이 한가하니 병들지 않을 것만 같고

흉년이라 집이 비니 眞淸과 흡사하구나.

요즘 와서 그때 놀던 仙境이 꿈에도 그리우니

어느 날에 벼슬 던지고 홀로 멀리 갈거나?

病中有客 談關東山水 慨然遠想 復和前韻

賃屋深坊遠市聲

端居秋末愛新晴

風前挺挺杉翹幹

霜下鮮鮮菊秀英

散地身閒如不病

凶年家空似眞淸

邇來夢想仙遊地

何日投簪獨遠征[160]

이 시는 問病하러 찾아온 門客과 對談하는 내용으로 되어

---

160) 『退溪先生文集內集』 卷2.

있다. 詩題에서 알 수 있듯, 對談의 중심내용은 관동지방의 빼어난 경치이다. 퇴계 또한 御使로 임명되어 강원도지방을 감찰한 적이 있었기 때문에, 그곳이 勝景地임을 잘 알고 있던 터였다.

首聯에서 그는 문객에게 담담하고 소박하게 자신의 사는 모습을 말하고 있다. 그가 지금 살고 있는 곳이 관동지방의 경치 좋은 곳은 아닐지라도 朝市로부터 멀리 떨어진 곳이라, 조용하게 늦가을의 정취를 맛볼 수 있어서 만족스럽다는 것이다. 頸聯 上句의 '散地身閒如不病'을 통해, 그는 이곳에서 한적하게 머무를 수 있는 까닭을 말하고 있다. 그는 '散地', 즉 閒職에 있기 때문에 도성 한복판에서 살지 않아도 되었다. 그 下句의 '凶年家空似眞淸'은 頷聯 下句의 '霜下鮮鮮菊秀英'과 서로 좋은 照應을 이루고 있다. 서리를 맞으면서도 꽃을 피운 국화의 지조는 바로 벼슬에 아랑곳하지 않고 淸貧居士를 꿈꾸는 그의 청한한 마음이다. 그는 살림살이에도 보탬이 안 되는 閒職으로 체직되어 窮班을 겪음에도 이 자리가 오히려 大爵보다 위안처가 됨을 깨닫는다.

尾聯에서는 이러한 그의 마음을 헤아리고 찾아온 문객에게 답례의 뜻을 나타낸다. 이제는 閒職에서도 훌훌 벗어나 관동의 勝景地로 동행하고 싶은 심정임을 고백하는 것이다.

김후지가 보내준 시를 받아보고 차운하여 부치다

호당의 구름자취 흩어진 지 몇 해이던가

천리만리 떠도는 그리움 언제고 가물가물.
오늘이라 세상 일 사람 너무 괴롭히니
그대의 느린 걸음 신선인 양 부럽구려.

得金厚之寄詩 次韻却寄

東觀雲蹤散幾年
想思千里每依然
只今世事勞人甚
羨子行遲更覺仙[161]

이 시는 河西 金麟厚의 詩를 받아 보고 그것에 화운한 것이다. 일찍이 퇴계는 하서와 함께 성균관에서 修學하였다. 그때는 기묘사화 직후였으므로, 유생들은 학문에 정진하기가 어려워 虛度歲月하며 지냈다. 하지만 퇴계는 법도에 따라 스스로 몸가짐과 언행을 바르게 하며, 학문을 진전시키려 노력하였다.[162] 이점에 대해 유생들은 그가 시대에 맞지 않는다고 비웃었으나, 하서는 오히려 그와 뜻을 같이 하였다.

起句의 '東觀雲蹤'에서 '東觀'은 湖堂을 지칭하는 말이다. '湖堂의 구름자취'는 하서와 함께 호당에서 賜暇讀書하던 추억을 형상화한 것이다. 사가독서란 임금의 명으로 弘文館의 인재들에게 특별 휴가를 주어 독서를 獎勸하는 제도를 뜻한다. 承句의 '想思千里每依然'을 통해, 퇴계는 성균관의 유학 시절 이후, 湖堂에서 다시 그를 만났던 기쁨을 간직한 채, 학업을

---

161) 『退溪先生文集內集』 卷2.
162) 김종석·하창환, 『퇴계 이황의 삶과 교훈』, 일승미디어, 2001, 51면.

위해 함께 지냈던 일도 또한 잊지 못하고 있다. 轉句의 '只今
世事勞人甚'에서는 세상사에 시달려 그때처럼 학문에 전념할
수 없는 현실을 괴롭게 받아들이고 있다. 結句를 통해, 그는
차라리 하서처럼 다리에 병이라도 앓아서 이것을 핑계 삼아
분주한 世上事에서 벗어나고 싶은 심정임을 고백하고 있다.
특히 '부러움'의 정서는 괴로운 世事를 벗어나지 못하고 사는
자신의 과오를 깨달았기에 가능한 것이다.

2. 聖學에의 會心

학자의 마음으로 화운한 退溪의 詩作들은 聖學에 몰두하여
聖人의 경지를 체득하려는 열의에 가득 차 있다. 이러한 마음
을 알아주는 知音과 만나게 될 때, 名利와는 비교도 할 수 없
는 것이 학문의 즐거움임을 퇴계는 시로써 고백한다.

경유 주세붕이 부쳐온 시에 답하다(1)

내 본시 어리석은 하나의 병든 사람
지난 봄부터 은혜 입어 守令이 되었다오.
부임지가 바뀌어 평소 소원을 이뤘으니
雲溪로 향해 와 廟眞을 뵙는구려.

答周景遊世鵬見寄(一)

我是疎愚一病人
叨蒙郡寄自前春
換符得遂平生願

來向雲溪謁廟眞[163]

경유 주세붕이 부쳐온 시에 답하다(2)

제 공부 모자라면 남을 어찌 지도하리
道를 보기 어려워라, 천년이나 사이 떴네.
죽계로 가는 것은, 다만 관을 벗어 던지려 함인데
遺經에 맛을 들여 참된 도를 얻고지고.

答周景遊世鵬見寄(二)

自闕誰能倡別人
難窺斯道曠千春
竹溪但欲投冠去
研味遺經得道眞[164]

위의 두 시는 퇴계의 向學熱과 아울러 先學 周世鵬을 追尊하는 마음이 담겨 있다. 퇴계는 고백하기를 '자신을 버리고 남을 따를 줄 모르는 것이 공부하는 사람의 큰 폐단이다. 천하의 의리가 무궁한데 어찌 자신만이 옳고 남은 그르다고 할 수 있겠는가'라고 하였다.[165] 차후에 그는 輓詩를 지어 주세붕의 학문정신을 기리게 된다.

첫 번째 시는 단양군수로 재직하다가 풍기군수로 자리를 옮겼을 때의 감회를 읊은 것이다. 이시는 結句의 '來向雲溪謁廟

---

163) 『退溪先生文集內集』 卷1, <答周景遊世鵬見寄 二首> 其一.
164) 『退溪先生文集內集』 卷1, <答周景遊世鵬見寄 二首> 其二.
165) 丁淳睦, 앞의 책, 201면.

眞'에서 알 수 있듯이, 우리나라 최초의 주자학자 安珦의 祠堂
에서 느끼는 감회가 핵심이 된다. 안짝은 聖恩을 헤아리는 겸
허한 마음을 또한 잊지 않은 것이며 때마침 풍기로 부임하게
되어, 사당참배가 이루어진 기쁨을 보인 것이다.

두 번째 시에서는 진정한 학문이란 자기만족에서 머무는 것
이 아니라 後學에게 적극적으로 聖學을 傳授하는 것임을 밝
히고 있다. 起句의 '自闢誰能倡別人'을 통해 그는 불굴의 자세
로 연마해야만 後學에 대한 聖學의 傳授가 가능함을 강조한
다. 承句의 '難窺斯道曠千春'은 朱子 이후 그의 학문을 계승
한 대학자가 나타나지 않음을 안타까워 한 것이다. 성학에 몰
두하기 위한 그의 의지는 結句의 '硏味遺經'에서 확인된다. 특
히 轉句의 '投冠'과 對應되고 있어 돋보이는 부분이다. 그는
고을살이하는 것보다 가까이에 있는 소수서원으로 달려가 先
學과 함께 성학에 심취하는 것이 더 즐겁다고 고백하고 있다.

권호문의 시에 차운하다

洛에 간단 사람이 越로 닫는 그 격이라
응당 세파에 휩쓸리어 참을 잃은 탓이겠지.
내 마음은 하늘이 거울을 열었다면
옛 학문은 해가 글을 비추는 것과 같아.
博約의 淵源은 雜이 어찌 있겠는가.
明誠의 宗旨는 성글음을 용납 않네.
치달리는 힘과 재주 귀엽기도 하지마는
앞에 당한 본령이 허술할까 두렵다네.

次韻權生好文

適洛人皆走越如
應緣澆薄喪眞餘
吾心正似天開鏡
古學還同日照書
博約淵源寧有雜
明誠宗旨不容疎
可憐才力能馳騁
只恐當前本領虛[166]

　詩題에 소개된 권호문은 퇴계의 長兄 이잠의 외손자이다. 「陶山及門諸賢錄」에 의하면 권호문은 詩文에 조예가 깊었던 문인으로 알려져 있다. 이 시는 30년 연하의 외손이자 제자이기도 한 그에게 애중히 화운한 것이다.

　首聯 上句의 '適洛人皆走越如'와 尾聯 下句의 '只恐當前本領虛'는 首尾相應을 이루고 있다. 그가 수미상응의 기법으로 강조하고자 한 것은 바로 본말이 전도되는 상황을 만들지 말고 항상 본길로 향하라는 바람인 것이다. 頸聯에서는 본길을 가는 방법을 일깨워주고 있다. 퇴계는 이것을 '博約'과 '明誠'으로 요약했다. '博約'은 물론 『論語』의 '文에서 널리 배우고, 요약하기를 禮로 하면 또한 어긋나지 않을 것이다'에서 온 것이다.[167] 이 내용은 文을 널리 배우고 禮로써 이를 요약하여야

---

166) 『退溪先生文集內集』 卷2.
167) 『論語』 卷之六, 「雍也」. "子曰, 君子博學於文, 約之以禮, 亦可以弗

雜駁하지 않게 되어 道에서 어긋나지 않는다는 뜻이다.

頸聯 上句의 '博約淵源寧有雜'에서 알 수 있듯이, 君子의 道에는 잡념이 자리할 수 없다. '明誠'은 『中庸』의 '誠으로부터 明함을 性이라고 하며, 明으로부터 誠함을 敎라고 한다'에 근거한 것이다.[168] 이는 聖學의 가르침은 '誠'을 본질로 한다는 것을 지적한 것이다. 頸聯 下句의 '明誠宗旨不容踈'를 보면, '明誠'의 본질에 도달한다는 것은 利慾을 제거하고 義를 취해야 하며 옳음을 취하고 그름을 버려야 하는 것으로, 추호라도 사사로운 人慾으로부터 참을 잃지 않지 않도록 戰戰兢兢함을 의미한다.[169]

首聯 下句에서 묘사하듯이, 세파에 휩쓸려 참을 잃는 경우가 있으므로 이 점이 염려스럽다는 뜻이다. 尾聯을 통해, 학문은 총명함과 재주도 있어야 하지만, 이보다 더 중요한 것은 德望임을 보여준다. 여기에서 그는 後學의 才氣를 사랑하여, 덕망 또한 함께 갖추어야함을 강조한다.

> **상사 성운이 속리산 아래에서 은거하는데**
> **황중거가 찾아가서 시를 지어 부쳤으므로 차운하다**

옛날에는 科場의 수재이더니만
이제 와선 세상을 피한 成 翁.

畔矣夫."

168) 『中庸』 第21章. "自誠明, 謂之性, 自明誠, 謂之敎."

169) 鄭炳連, 「誠의 經典的 意義」, 『정신문화연구』통권41호, 한국정신문화연구원, 1990, 124면.

종남산의 노장용이 아니라
곡구의 정자진을 믿는구려.
용 숨은 곳이라서 기슭이 윤기 나고
옥이 쌓여 있으니 산이 빛나라.
그대와 창화한 그 글귀 외우니
높은 홍취 내 가슴을 솟구치누나.

**成上舍運 隱居俗離山下
　黃仲擧就訪 有詩見寄次韻**

昔日專場秀
如今遁世翁
終南非捷徑
谷口信遺風
岸潤龍藏裏
山輝玉韞中
誦君相和句
高興激人胸[170]

이 시는 成運의 개결한 인품과 학문정신을 기리기 위해 和
韻한 작품이다. 首聯 上句의 '昔日專場秀'는 科場에서 빼어난
儀容을 지닌 그를 만났던 시절을 회고한 것이다. 성운은 司馬
科에 합격하고도 쉽게 벼슬을 버렸으며, 이후 徵召가 계속 있
었으나 出仕하지 않은 것으로 유명하다. 그 下句의 '如今遁世
翁'은 결국 숨은 선비를 자처하고 살아가는 그의 모습을 사실
그대로 보인 것이다.

---

170) 『退溪先生文集內集』 卷2.

頷聯과 頸聯은 隱士 정자진의 고사를 바탕으로 한 것이다. 퇴계는 평소 정자진의 삶을 흠모하였으므로, 성운의 삶을 그에게 빗대어 시화한 것이다. 頷聯에서 강조한 것은 下句의 '谷口遺風'이며, 이것은 上句의 '宗南捷徑'과는 좋은 대조를 보인다. 이를 통해 성운은, 唐의 노장용처럼 종남산에 숨었다가 벼슬을 얻은 사람이 아니라, 漢의 정자진처럼 곡구의 바위 밑에서 밭갈이를 하였어도 그 이름이 도성에 떨칠 만큼 탁월한 인물임을 말한 것이다. '囊中之錐'와 같이 成運의 學識 역시 산속에 살아도 드러나게 마련이라는 것이다. 오히려 조용히 수양하는 가운데 학식은 더욱 높아질 수 있음을 뜻한다.

頸聯의 '산속에 숨은 용'과 '산속을 빛내는 보옥'은 성운의 가치 있는 삶을 이렇게 말한 것이다. 그의 삶의 가치는 물질로는 결코 값 닿을 수 없는 것이므로, 퇴계는 尾聯에서 이를 '高興'이라 표현했다. 그러므로 尾聯의 '誦君相和句 高興激人胸'은 고매한 홍취를 함께 나누던 옛 시절을 회고하며, 그때의 즐거움을 되새기고 있는 것이다.

황중거의 <元日> 詩에 차운하다

순박하고 졸한 것은 본래 지닌 천성이라
젊을 때 일 추억하면 언제나 흐뭇하네.
총명은 이 날이 전날과 다른데
싯귀는 금년이 예년과 꼭 같구려.
名利關 체득한 것은 上蔡의 말 들음이요
學力을 증험한 것은 伊川의 敎說이라네.

우리들이 몸소 행할 그 곳에선
남 앞에 나아가서 함부로 執鞭말 것.

次黃仲擧元日韻

拙朴由來得自天
追尋芳躅每欣然
聰明此日非前日
習氣今年似去年
透得利關聞上蔡
驗來學力說伊川
吾儕更勉躬行處
莫向人前枉執鞭171)

이 시는 立志할 때의 마음가짐을 명심하며 항상 初志一貫해 있음을 고백한 것이다. 首聯의 '拙朴'에서 알 수 있듯이, 그는 세상살이에 능수능란하여 약삭빠르게 살아가기보다는 소박함을 좇아 세상살이에 서툴다는 것을 겸허하게 인정하고 살았다. 이 점이 그로 하여금 학자의 길을 걸으며 내면적인 성찰을 추구하는 것을 가능케 하였다. 首聯 上句의 '追尋芳躅每欣然'을 통해, 스스로 朴拙함을 인정하고 내면적인 완성을 이루기 위해 성학에 몰두해온 세월을 흐뭇하게 바라보고 있다.

그의 어머니 또한 퇴계가 뜻이 높고 깨끗해서 세상과 어울리지 않는 것을 目睹하고서 이르기를 '벼슬은 고을 員 정도만 하고 높은 벼슬은 아예 하지 말거라. 세상이 용납해주지 않을

---

171) 『退溪先生文集內集』 卷2.

까 두렵구나'라고 한 바 있다.[172]

　頷聯에 이르면, 세월이 흐를수록 젊은 날의 총기는 점점 흐려지지만 지금 시를 짓기 위해 발분한 기운은 예전과 다름없이 힘차고 즐겁다는 것이다. 즐거운 마음이란 頸聯에서 말했듯이, 名利를 떠나 학문의 세계에 몰입하면서 생긴 건강한 마음자리인 것이다. 名利와 같은 人慾은 수양에 저해되는 것이다. 마찬가지로 尾聯 下句의 '執鞭'도 人慾을 卑近한 예로써 보인 것으로, 이것 또한 그가 할 일이 아니라는 것이다.

　다시 말하면, '執鞭'은 고상함과는 상관없는 천한 일임을 대유한 것이다. 그는 오직 인간의 富는 천명일 뿐, 枉己從人하여 아무리 천한 일을 한다고 해서 쉽게 구해지는 것이 아님을 암시하고 있다. 『論語』의 '富를 구해서 되는 것이라면 나 또한 채찍을 잡는 일이라도 하겠지만, 그렇게 해서 구하지 못하는 것일진대 내가 좋게 여기는 것을 따르겠다'에서 유래한 것이다.[173] 요지는 富貴하려고 자신의 뜻을 굽혀 다른 사람을 좇아가지 말자는 것이다. 尾聯을 통해 그는 제자와 더불어 이러한 정신으로 의기투합할 수 있기를 바라고 있다.

---

172) 丁淳睦, 앞의 책, 209면.

173)『論語』卷之七,「述而」. "子曰, 富而可求也, 雖執鞭之士, 吾亦爲之. 如不可求, 從吾所好."

3. 道友와의 和應

화답시에 투영된 퇴계의 자화상은 스승이나 長者이기 보다는 동심동력하는 比隣에 더 가깝다. 심정적으로라도 동지와 苦狀을 함께 하려는 그의 의지는 인간적 친밀감을 담은 화답시로 형상화된다. 특히 매화, 국화와의 贈答詩들은 퇴계가 晚年에 매화, 국화로 표상되는 자연물과 交感을 나누는 경지까지 발전하게 되었음을 보여준 것들이다.

청송 이공간의 시에 차운하다(1)

수락원 좋은 정자 낚시터를 곁했으니
銅章 차고 가끔 와서 색동옷 입고 노닌다.
나는 이제 깊은 한을 홀로 안았으니
寸草三春 은혜 갚을 어머니를 잃었다오.

次韻答李靑松公幹(一)

壽樂園亭傍渚磯
銅章時到弄斑衣
我今獨抱無涯恨
寸草三春失報暉[174]

청송 이공간의 시에 차운하다(2)

사람들 하는 말이 산중이란 살 곳 못 돼
시루에 먼지 일고 가마솥에 고기가 산대.

---

174) 『退溪先生文集內集』卷2, <次韻答李靑松公幹 二首> 其一.

말 없이 일어나서 손님에게 謝하지만
궁한 시름 벌써 이미 없어졌다 생각되네.

次韻答李青松公幹(二)

人曰山中不可居
甑生塵土釜生魚
起來謝客無言說
但覺窮愁昔已除[175]

青松 李公幹은 聾巖 李賢輔의 子弟로, 퇴계와 교유한 道友
이다. 퇴계는 농암이 벼슬에 연연하지 않으며 초연히 귀거래의
의지를 몸소 실천하는 것을 직접 보고, 이후 輓詞를 지어 그의
삶을 칭양한 바 있다. 퇴계는 농암으로 인해 그 一門과 각별히
교유하게 되어, 이숙량을 위시해 자제들과 화답시를 주고받았다.
첫 번째 시는 청송의 시를 증정 받고 그에 대한 답례로 화운
한 것이다. 안짝은 청송의 孝德을 기린 것으로, 이는 풍광이
좋은 수락원의 정자에서 아버지와 여가를 함께하는 아들의 모
습을 老萊子의 故事를 빌어 확인케 하고 있다. 바깥짝은 內艱
을 당해 청송처럼 부모님을 기쁘게 해드릴 수 없는 안타까움
을 悔恨하고 있다.
두 번째 시는 世論에 좌우되지 않고 나름대로 山舍 生活의
困窮함을 지키겠다는 것이다. 예로부터 世人들은 귀거래 생활
이 인간의 삶을 황폐화한다고 하지만, 이는 삶의 가치를 물질

---

175)『退溪先生文集內集』卷2, <次韻答李青松公幹 二首> 其二.

적인 풍요로움으로 따지는 그들의 입장을 말한 것일 뿐이다.
다만 聖人의 가르침에 의하면, 外物이 마음을 지배하려 할 때
에는 정신을 돌이켜 욕망의 마음을 비우라는 것이다. 聖人은
衣食의 充足을 오로지 자기에게 알맞게 할 따름이니 貪汚의
마음이 생기지 않는 것이다.[176] 퇴계와 청송 또한 이러한 성인의
가르침을 삶의 중심에 두고 살았다고 하겠다. 그러므로, 結句의
‘但覺窮愁昔已除’를 통해, 퇴계는 성인의 정신을 본받아 아예
궁한 시름은 떨쳐 버린 채 살고 있음을 청송에게 보여준다.

벗에게 답하다

죽은 이는 영 이별 산 사람도 갈리다니
깊은 산의 藜藿이라 瘴氣서린 구름일레.
백년의 교분은 서리보다 밝은 의리
천리 먼 길 속마음은 貝文이 찬란하이.
조는 사슴 만날 때는 벗이 늘 그리웁고
떨어지는 솔개 보면 오히려 임의 생각.
본래에 가진 것이 모두 다 난초거니
꺾이고 상했대서 조금이라도 향기를 변치마소.

答友人

死者長辭生亦分
窮山藜藿瘴鄕雲
百年契分明霜義
千里心懷爛貝文

---

176) 劉　安(李錫浩　譯), 『淮南子』, 세계사, 1992, 61면.

坐對鹿眠常戀友
臥看鳶跕尙思君
從來佩服皆蘭臭
莫爲摧傷少替芬[177]

위의 시에서 '友人'은 靜庵 趙光祖의 제자 유헌 정계회이다.
이 시는 을사사화 때 유헌이 귀양가게 되자, 그 사실을 안타깝
게 여겨 시로써 말한 것이다. 결국 그는 配所에서 죽었으며
이 시는 유헌과의 마지막 화답시가 되었다.

首聯 上句의 '死者長辭生亦分'은 道友와의 생이별을 당하면
서 그 서글픔을 담은 것이다. 그 下句의 '藜藿'과 '瘴雲'은 귀양
살이를 뜻하는 말이다. '藜藿'은 명아주만 넣고 끓인 국으로,
초라한 식사를 비유한 것이며, '瘴雲'은 瘴毒과 같은 무서운 병
을 야기하는 열대성 空氣로, 더운 남쪽지방 配所의 열악한 자
연환경을 비유한 것이다.

頷聯 上句에서는 名利가 아닌 義를 추구한 그의 정신을 기
리고 있다. 그 下句의 '千里心懷'는 義를 추구한 그의 정신세
계의 깊이를 형상화한 것이다. 頸聯의 '戀友', '思君'을 통해서
그는 위문조차 불가능한 곳으로 떠나게 된 道友를 위로하고
있다. 尾聯의 '蘭臭'는 道友의 정신세계를 난초의 그윽한 향기
로 바꾸어 놓은 것이다. 이는 깊은 산속 바위틈에서 홀로 향기
를 내뿜으며 피어나는 난초의 고고한 자태와 같다. 退溪의 爲
己之學 바로 그것이다. 깊은 산속에 있는 난초가 하루 종일

---

177) 『退溪先生文集內集』 卷2.

향기를 내뿜고서도 스스로 그 향기가 나는 것을 알지 못하는 것과 같다는 것이 그것이다. 尾聯 下句의 '莫爲摧傷少替芬'에서, 道友의 귀양살이는 잎새가 꺾이고 잘려나간 난초의 모습으로 묘사된다. 상한 잎새에도 아랑곳하지 않고 그 뿌리는 꽃대를 지키는 것처럼, 고난 속에서도 道義를 간직하여 강인한 정신을 잃지 않기를 바라고 있다.

남시보가 부쳐 보낸 시를 받들어 酬應하다

그대와 서로 못 만난 사이에
계절은 흐르듯이 가버렸구려.
제각기 오랜 병을 안고 있기에
둘 다 적막하게 빛 감췄다오.
마음은 옛 사람을 바라지마는
하는 일은 방법 몰라 헤맸다오.
解牛에도 여지가 있어야 하오
揠苗는 이야말로 스스로 상할 뿐일세.
서로 생각하면서도 격려하자니
關嶺이라 풍상에 막히었구려.
기러기 가는 편에 편지를 써 부치고
창연히 바라보니 서녘 구름 아득하네.

奉酬南時甫見寄

與君不相見
時序去堂堂
綿延各抱病

寂寞兩韜光
所希在往躅
所服曾迷方
解牛有餘地
揠苗斯自傷
相思欲相勵
關嶺阻風霜
緘辭寄歸鴈
悵望西雲蒼[178]

퇴계는 자주 만날 수 없는 道友에게 詩로써 문안편지를 대신해 和韻하고 있다. 이 시는 道友에 대한 그리움을 주된 정서로 하여 전개된다. 자연의 이치에 의해 계절은 저절로 바뀌지만 人間事는 계절과 무관하여 뜻대로 해후할 수가 없으므로 그리움이 좀처럼 바뀌지 않는다. 게다가 이들은 똑같이 泉石膏肓의 病이 있어서 宦路를 향해 적극적으로 나아가지 않는 체질이므로 더욱더 만나기 힘들게 된 것이다. 퇴계는 비록 서로 만날 수 없더라도 聖學을 추구하는 道友의 입장에서 향학의지를 북돋워주고 있다.

그는 성학을 깨닫는 방법에 바른 길이 있음을 예로 든다. 이는 庖丁의 '解牛'의 妙處와 宋人의 '揠苗'의 空虛함으로 묘사된다. 『莊子』에 기록된 庖丁解牛[179] 이야기는 방법을 터득하

---

178) 『退溪先生文集內集』卷2.
179) 『莊子』「養生主」참조.

여 道에 들어가야 함을 강조한 것이다. 『孟子』에 나오는 宋人 揠苗[180] 이야기는 도에 들어가는 방법이 잘못 될 수 있음을 경계한 것이다. 도를 추구하는 것이 쉽지 않음에도 불구하고 거기에 立志한 까닭에, 퇴계는 성인의 경지까지 체득해보자는 격려를 아끼지 않은 것이다.

우경선의 <菊花問答> 詩에 차운하다(1)

物情이 변동 있음 언제고 싫어하네
좋은 것은 얼마 없고 궂은 것은 많아지니.
어찌하여 저 뜨락에 가득한 국화도
절반은 다북쑥 되어 그나마 병들었을까.

次韻 禹景善 菊花問答(一)

常嫌物情有遷移
美者無幾惡轉滋
豈謂滿庭霜下傑
半成蓬艾亦離支[181]

우경선의 <菊花問答> 詩에 차운하다(4)

타고난 황색인데 내 어찌 변해가리
초췌해도 雨露에 불어난다네.
三徑이라 바람서리 온 땅에 가득한데
도연명을 기다려라 고이 서로 부지한다네.

---

180) 『孟子』卷之三, 「公孫丑」 上 참조.
181) 『退溪先生文集內集』卷5, <次韻 禹景善 菊花問答 六首> 其一.

禹景善 菊花問答(四)

坤黃天賦我何移
憔悴猶承雨露滋
滿地風霜三徑裏
陶令相待好撑支[182]

위에서 퇴계는 국화를 시적 대상으로 하여 감회를 읊조린다. 국화는 모든 꽃이 다 피고 진 뒤에 찬 서리를 맞아가며 홀로 피는 꽃이다. 따라서 국화는 곤궁한 처지를 墨守하려는 절개를 상징하는 것이다. 예로부터 국화는 속세를 떠난 隱士의 꽃이라 일컬어졌다.[183] 진정한 隱士는 곤궁함을 견디지 못해 신념을 굽히는 일을 할 수 없다는 뜻이다.

첫 번째 시는 〈問菊〉을 副題로 한 시다. 이 시는 국화의 시들어가는 외양을 보고 無常함을 생각한 것이다. 그것은 바로 국화의 생태에도 어김없이 花無十日紅의 法則이 찾아오기 때문이다. 퇴계는 국화의 시듦을 보면서 자신의 인생 또한 이렇게 무상한 것임을 깨닫는다. 起句를 통해 그는 세상의 人心이나 만물의 성질이 모두 변화한다는 전제하에 이를 무조건 수용하지 않고 변하지 않는 가치를 삶의 중심에 두어야 함을 인식하고 있다.

承句의 '美', '惡', 轉句의 '霜下傑', 結句의 '蓬艾'는 국화의 榮枯를 형상화한 시어이다. 국화의 榮枯盛衰는 걸출한 偉容

---

182) 『退溪先生文集內集』卷5, 〈次韻 禹景善 菊花問答 六首〉 其四.
183) 『古文眞寶後集』卷之二, 「說類」〈愛蓮說〉. "菊花之隱逸者也."

이 황량한 다북쑥의 처지로 전락해가는 것이기도 하다. 국화의 모습은 병으로 인해 노쇠해진 자신의 모습을 투사한 것이기도 하다.

이와 달리 두 번째 시는 〈菊答〉을 副題로 하여, 국화가 자신의 내면세계를 말해 주고 있다. 국화는 퇴계 자신이 靈感에 의해 자기확대를 한 것이다. 그의 靈感이 국화의 靈感에 파급되어 융합의 경지에 이르고, 이때 그는 자기확대를 이루게 된다.

起句에서 국화는 자신의 천부적 본성이 바로 변하지 않는 志節임을 밝히고 있다. 承句를 통해, 자신의 초췌한 外樣은 소멸을 뜻하는 것이 아님을 암시한다. 이것은 다만 비와 이슬만 먹고 살아 俗氣없는 맑은 모습임을 말해준다. 하지만 그는 아직 속세에 뿌리를 두었기 때문에, 轉句의 '風霜三徑裏'와 같이, 뜰 안의 小路에서 풍상을 겪으면서도, 陶淵明의 菊花처럼 꿋꿋하게 살기를 희구한다.[184) 도연명이 국화를 酷愛한 것은 지조를 굽히지 않은 자신의 모습이 곧 국화의 기상과 일치하기 때문이다.

그는 융통성 있게 시세에 따라 어울려 살아가기 보다는 고독하더라도 신념을 굽히지 않았다. 이러한 그의 모습은 共中亦獨, 즉, 함께 있는 가운데서도 역시 홀로임을 알 수 있다.[185) 結句에서 국화는 知音 도연명을 만나야 비로소 芬芳으로 교감할 수 있음을 고백하고 있다.

---

184) 『陶淵明集』「歸去來兮辭」. "三徑就荒, 松菊猶存.'
185) 斯波六郞(尹壽榮 譯), 『中國文學 속의 孤獨感』, 동문선, 1992, 204면.

매화가 주인에게 주다

은총 명예 무엇이 그대에게 적합하던가
백두옹이 塵世로 달려가 몇 년을 지냈던가.
오늘 다행히 休退 은혜 입어
때마침 내가 피어날 즈음에 왔으니.

梅贈主

寵榮聲利豈君宜
白首趨塵隔歲思
此日幸蒙天許退
況來當我發春時[186]

주인이 답하다

그대 만나 기쁜 것은 간맞출 열매 때문이 아니요
맑은 향기 사랑하여 저절로 읊조리기 때문이지.
나 이제 언약 지켜 여기 왔으니
밝은 때를 저버렸다 미워하지 않을 테지.

主答

非緣和鼎得君宜
酷愛淸芬自詠思
今我已能來赴約
不應嫌我負明時[187]

---

186) 『退溪先生文集內集』 卷5, <季春至陶山 山梅贈答 二首> 其一.
187) 『退溪先生文集內集』 卷5, <季春至陶山 山梅贈答 二首> 其二.

첫 번째 시는 〈梅贈主〉를 副題로 한 것이다. 퇴계는 매화에게 知音 그 이상의 존재가치를 부여하고 있다. 매화는 퇴계에게 靈的인 交感의 대상으로 형상화된다. 起句에서 매화는 퇴계의 정신세계가 부귀영화와 같은 인간의 세속적 욕망을 귀히여기지 않는다는 것을 꿰뚫어 본다. 또, 承句를 통해, 매화의 시선은 다만 聖恩을 저버릴 수 없어 俗塵에 돛을 던진 퇴계를 안쓰럽게 바라보는 것이다. 매화는 바깥짝에서 자신과 교감이 가능한 퇴계를 만나자 宦路에 지친 그의 영혼을 위무해주고 있다. 承句의 '思'는 물론 뜻이 없는 助字다.

두 번째 시는 副題 〈主答〉에서 알 수 있듯이, 매화에게 보내는 퇴계의 답신이다. 陶山主人 퇴계가 山梅에게 준 것이다. 퇴계와 매화의 만남은 물질적 가치에 의미를 부여하려 한 것이 아니다. 다시 말하면, 매실로써 음식에 간맞추기 위한 용도로 매화가 중요한 것이 아니라188), 자신의 分身과도 같은 매화의 靈感이 깃든, '淸芬' 즉 맑은 꽃향기를 사랑함이다.

結句에서 그는 매화에게, 밝은 때에 찾아오지는 못했지만 이렇게 약속을 지키느라 찾아 왔으니 미워하지 않을 것이라 자위해본다. 매화를 酷愛하는 그의 여유와 마음을 함께 읽을 수 있다.

---

188) 黃山谷의 〈贈東坡〉詩에 "古來和鼎實, 此物升廟廊"이라고 되어 있는데, 퇴계는 이를 시의 연원으로 하고 있다.

경오년 한식일에 장차 안동에 가서 선조의 묘소에 성묘하려고 하는데 후조당 주인 김언우가 내가 돌아오는 길에 자기 집으로 맞아 들여 매화를 구경시키겠다고 하므로 나는 이미 진정으로 승낙을 했다. 출발할 때 마침 소명이 내려왔으나 나아가지 못했으므로 황공하여 성묫길을 중지하는 바람에 마침내 기약을 어기고 말았으니 몹시 서글픈 생각이 들어 절구 네 수를 지어 마치 후조당 매화와 서로 주고받는 이야기 같이 하여 언우에게 부쳐 보내니 언우는 뜯어보며 한바탕 웃음을 터뜨리게 될 것이다.[189]

후조당 아래 선 한 그루 매화는
氷霜의 맑은 모습으로 늦봄을 독차지할 테지.
어찌하리, 天書가 어제 내려와서
좋은 언약 앉아서 무너지게 되었음을.
後凋堂下一株梅
春晩氷霜獨擅開
豈謂天書下前日
能令佳約坐成穨

후조당의 매화가 답하다

봄을 만난 後凋堂의 詩情 얕지 않으니
주인의 굳은 절개 그대는 의심 마오.
나와 함께 긴밀히 心契를 맺었으니

---

189) 『退溪先生文集內集』卷5. "庚午寒食 將往展先祖墓於安東 後凋主人金彦遇擬於其還 邀入賞梅 余固已諾之 臨發 適被召命之下 旣不敢赴 慌恐輟行 遂至愆期 爲之悵然有懷 得四絶句 若與後凋梅相贈答者 寄呈彦遇 發一笑也."

桃李花와 어울려 친하지는 않을 걸세.

後凋梅答

騷情非淺後凋春
苦節君休訝主人
與我已成心契密
不應棒李更交親[190]

위의 두 시는 퇴계가 後凋堂의 梅花와 贈答하는 것으로 전
개된다. 작시 배경은, 김언우의 집 후조당을 방문할 약속이 있
었으나, 이것을 지키지 못하고 그 대신 자신의 심정을 화답시
에 담아 보낸 것으로 되어 있다. 즉, 그는 道友의 집에 피어
있을 매화에게 人格을 부여하여 서로 시를 주고 받은 것이다.

첫 번째 시는 매화를 못 만난 아쉬움을 나타낸 것이다. 평소
매화를 酷愛한 퇴계는 후조당의 매화를 통해서도 그 운치를
음미하려 했을 것이다. 承句의 '氷霜'은 매화의 운치를 이렇게
형상화한 것이다.

매화는 얼어붙은 땅 속에 뿌리를 두고 눈 속에서도 맑은 향
기를 내뿜는다. 일찍이 매화는 세속을 벗어난 佳人으로, 얼음
처럼 차가운 자태와 옥처럼 귀한 뼈대를 가진 모습으로 묘사
되어 왔다.[191]

하지만 퇴계는 매화와 만나는 기쁨을 맛보기에 앞서 聖恩에

---

190) 『退溪先生文集內集』 卷5.
191) 이상희, 『매화』, 넥서스BOOKS, 2002, 111면.

대한 배려가 선행되어야 함을 어찌하지 못한다. 轉句의 '天書'와 結句의 '佳約'은 이를 두고 이름이다. 그래서 퇴계는 佳約을 못 지킨 원인이 바로 임금님의 召命때문임을 고백하고 있다.

두 번째 시는 〈後凋梅答〉이라는 副題가 있어서, 후조당의 매화가 퇴계에게 보낸 답신임을 알 수 있다. 퇴계가 매화를 대신하여 화답하고 있는 것은 물론이다.

퇴계가 찾아 오지 못한 違約에 대해서는 아랑곳하지 않고, 나(매화)와 주인(후조당 주인 김언우)과의 사이에는 이미 굳은 약속이 맺어져 있어 그대(퇴계)가 찾아오지 않더라도 굳은 志節에는 변함이 없을 것이라 하여 氷霜같은 매화의 苦節을 후조당 주인에게 이입하고 있는 기법도 돋보이는 작품이다. 아무(桃李)하고나 사귀지 않을 결의를 천명한 것은 물론이다.

起句의 '騷情'과 承句의 '苦節'은 서로 짝을 이루고 있어 이 작품의 意趣를 밝게 보여 주고 있다. 퇴계 스스로 후조당 매화의 처지가 되어 후조당의 높은 志節까지도 매화로 하여금 闡明케 하는 수법은 예사로운 시인들이 쉽게 도달할 수 있는 경지의 것이 아니다. 可變的인 현상을 꾸미는 일은 돌보지 아니하고 內在하는 理의 세계를 확인하는데 마음 쓴 퇴계시의 참모습이 이 述懷詩의 全篇에 그대로 밝혀져 있다. 다른 말로 바꾸어 말하면, 造語보다는 造意에 공을 들인 퇴계시의 眞髓를 여기에서도 확인할 수 있다는 것이다.

第4章

退溪詩의 文學史的 意義

퇴계시에 대한 古今의 評을 중심으로 이루어진 지금까지의 文學史에서는 퇴계시에 대한 총체적인 면모보다는 道學者 퇴계의 면모가 부각되어왔다. 본고는 퇴계한시와 〈도산십이곡〉을 구분하여, 古今의 評을 종합해보고, 그간 文學史에서 간과한 것이 무엇인지 살피겠다.

첫째, 朝鮮朝 詩話類에서는 洪萬宗, 許筠 등이 퇴계시를 도학자의 효용적인 詩作으로 평하였으며, 이때부터 漢詩史에서 퇴계시는 도학자의 시로 그 위상이 정립되었다.

洪萬宗이 그의 『詩評補遺』에서 退溪와 奇大升·李珥·成渾·鄭逑 등 理學者의 시를 合評하여 '詩語를 만든 것이 천연스럽고 그 性情의 바름이 詩에 구현된 것임을 여기에서 볼 수 있다'[192]고 하였는데, 이때의 퇴계시는 41세 때 제작한 〈義州雜題〉를 두고 말한 것이다. 許筠이 『國朝詩刪』에서 퇴계시

---

192) 洪萬宗, 『詩評補遺』下篇. "李 滉(退溪, 眞城人)<義州>詩曰, … 此等諸賢之詩, 作語天然, 各盡妙處, 其性情之正得於詩者, 於此可見矣."

의 씩씩한 기상을 稱道한 것도 퇴계의 純然한 詩作에 대한 品
評일 것이다. 특히 퇴계의 五言古詩 〈晚步〉에 대하여 '先生詩
不蘄高而自高(구하지 않아도 스스로 높다)'라 한 것도 꾸미는
일에 마음 쓰지 않은 것이 퇴계시의 높은 곳임을 이렇게 평가
한 것이다. 퇴계의 〈義州〉, 奇大升의 〈偶題〉, 李珥의 〈草堂風
雨〉, 成渾의 〈偶吟〉, 鄭述의 〈無題〉를 차례로 보이면 다음과
같다.

義州　　　　　　　　**李滉**

龍淵雲氣曉凄凄　　　龍淵의 구름기운 새벽녘에 싸늘하고
鶻岾摩空白日低　　　鶻岾는 하늘에 닿아 흰 해가 나직하네.
坐待山城門欲閉　　　성문이 닫히기를 앉아서 기다리니
角聲喚度大江西[193]　호각 소리 큰 강의 서쪽으로 지나가네.

偶題　　　　　　　　**奇大升**

庭前小草挾風薰　　　뜰앞에 작은 풀이 훈풍을 띠었는데
殘夢初醒午酒醺　　　어지러운 꿈 처음 깨니 낮술이 얼근하구나.
深院落花春晝永　　　꽃이 지는 깊은 뜰엔 봄날이 긴데
隔簾蜂蝶亂紛紛　　　주렴밖에 벌 나비는 어지럽게 날고 있네.

草堂風雨　　　　　　**李珥**

客夢頻驚地籟號　　　땅에서 나는 바람소리에 나그네 꿈 자주 깨는데

---

193) 『退溪先生文集內集』 卷1, 〈義州雜題〉 其三, '山川形勝'.

打空秋葉亂蕭騷　　허공을 치는 가을 잎은 어지럽게 소리내네.
不知一夜寒江雨　　아지 못게라, 왼 밤 동안 추운 강에 내리는 비가
減却龜峯幾尺高　　龜峯을 몇 자쯤이나 깎아 내렸을까.

偶吟　　　　成渾

五十年來臥碧山　　오십년 동안 푸른 산에 누웠으니
是非何事到人間　　시비가 무슨 일로 인간 세상에 이르리오?
小堂獨坐春風起　　작은 집에 홀로 앉았노라니 봄바람 일어나는데
花笑柳眠閒又閒　　웃는 꽃 조는 버들에 한가롭고 또 한가롭네.

無題　　　　鄭述

月沈空谷初逢虎　　빈 골짜기에 달이 질 떠 처음으로 호랑이
　　　　　　　　만났고
風亂滄溟始泛槎　　넓은 바다에 바람 어지러울 때 비로소 배를
　　　　　　　　띄웠네.
萬事莫於平處說　　만사는 서로 공평한 말보다 나은 것이 없는데
人生到此竟如何　　인생이 이 지경에 이르렀으니 끝내 어떻게
　　　　　　　　하려는가.

　이것들은 모두 "詩三百 一言而蔽之 思無邪"라 한 詩經의 詩精神에 充實한 것임을 사실로 보여준 것이다. 다시 말하면 "詩者 性情之發"의 效用的인 詩觀을 여기서도 확인케 해준다.

　『月汀漫筆』, 『五山說林』, 『芝峰類說』 등에서 퇴계시에 대하여 逸話的 사실에만 언급하고 있을 뿐, 본격적인 논의를 보

이지 않은 것은, 悟理의 文字가 많은 퇴계시의 효용적인 성격 때문에 그러했던 것으로 보인다.

둘째, 퇴계시는 퇴계학파의 문인들에게 지대한 영향을 끼쳤으며, 이후 處士文學의 본보기로 계승되었다. 이는 스승의 도학정신을 계승하려한 제자들의 열의에서 비롯된 것이라 하겠다. 다시 말하면, 그의 시는 趙穆을 비롯한 16세기 예안지방 在地士族 출신의 퇴계학단이 펼쳐 보인 처사문학에 영향을 주었다.[194] 조목의 경우, 퇴계가 평소 酬唱을 중시하였던 점을 좇아 수많은 酬唱詩를 제작하였으며,[195] 柳成龍의 경우, 문학 자체를 위한 문학을 하지 않았으며, 문학을 통하여 학문·교육 등을 실현하려 하였다.[196] 또한, 鄭逑의 경우, 퇴계를 신봉하여 窮理居敬과 應用求是의 학문정신으로 道本文末的 文學觀을 견지하였으며,[197] 曹好益의 경우, 詩者小技라 생각하였으면서도 詩作을 생활의 일부로 실천하여 학자적 삶의 실천과정을 계승하였다.[198]

셋째, 퇴계의 及門諸子 가운데 시인으로서의 퇴계를 비판한

---

194) 이종호, 「월천 조목의 문학세계」, 『退溪門下 6哲의 삶과 사상』, 예문서원, 1999, 참조.

195) 이종호, 앞의 책, 86면.

196) 김시황, 「서애 유성룡의 문학세계」, 『退溪門下 6哲의 삶과 사상』, 예문서원, 1999, 참조.

197) 박영호, 「한강 정구의 학문정신과 문학관」, 『退溪門下 6哲의 삶과 사상』, 예문서원, 1999, 참조.

198) 황위주, 「지산 조호익의 시문학 세계」, 『退溪門下 6哲의 삶과 사상』, 예문서원, 1999, 참조.

이들도 찾아 볼 수 있다. 權應仁은 퇴계시에 대하여, '만일 선
생께서 譫薄한 風月과 濃墨된 草書를 버리신다면 선생의 도
덕이 더욱 높을 것입니다'고[199] 하여 도학자인 스승을 인정하
면서도 시인으로서 스승의 위상이 부각되는 것을 바람직하다
고 여기지 않았다. 이에 대해, 李瀷은 '不爲일지라도 不能은
결코 아니다'고[200] 하여 권응인에게 반격하였으며, 퇴계시 〈題
林士遂陶西行綠後 二首〉에 대해, '詩句마다 飛動하고도 俊爽
하여 華岳의 尖峯, 豪俊한 독수리라도 이에서 지날 수 없는
바, 저 금호(임사수의 호)의 평생 豪吟이라도 반드시 이에 미치
지 못할 것이니, 송계(권응인의 호)가 어찌 디 경지를 알겠는
가'[201]하여 시를 보는 권응인의 안목이 좁음을 비판하였다.

　넷째, 퇴계의 漢詩에 대한 현대의 평설에서도 역시 道學과
관련된 평가가 지배적이다. 이동환은 韓國漢文學史上 도학적
서정시의 넓은 한 경지를 열어 주었다는 점이 퇴계시의 의의
라고 평하였다.[202] 홍우흠은 前代의 韓·中文學史에서는 찾아
볼 수 없는 퇴계만의 梅花觀 바로 率性君子의 精神이 〈梅花

---

199) 『靑莊館全書』 卷68 「寒竹堂涉筆」. "權松溪應仁 … 嘗言于退溪曰,
　　先生少止, 譫薄風月, 濃墨草書, 則先生之道德益高."

200) 『星湖僿說類選』 卷10. "當時 權松溪應仁謂, '先生不爲詩若草 差强
　　人意' 殊不知其不爲也, 非不能也."

201) 앞의 책. "句句飛動, 俊爽可掬, 雖華岳峯尖, 寒鵰睨野, 無以逾此.
　　彼錦湖之平生豪吟, 未必逮及也. 要是非錦湖, 退溪亦終不露圭角, 松
　　溪何足以知之?"

202) 李東歡, 「退溪의 詩에 대하여」, 『퇴계학보』 제19호, 퇴계학연구원,
　　1978, 참조.

詩帖〉에 응결되어 있다 하였으며, 그 詩形은 枯淡典雅하고 내용은 溫柔敦厚하다고 평하였다.203) 김주한은 특히 퇴계가 제자 李剛而로부터 朱子詩 간행계획을 듣고 애송하던 朱詩를 和·次·用韻한 것 8종을 꺼내어 1) 제목에서 날짜가 같은 것 2) 旨趣가 같은 것 3) 처지가 비슷해 끌어온 것 등으로 분류한 점에 주목하여 韓國文學 批評史上 道學者 文學批評의 봉우리를 쌓은 것이라 평하였다.204) 민병수는 퇴계 역시 당시 騷壇에서 서경덕, 이언적, 조식 등의 儒家들이 즐겨 설리시를 제작한 것과 다를 바 없다고 하였으며,205) 그의 理貴氣賤的인 哲學的 思考 때문에 인정이 메마른 시세계를 이룩한 것이라 하였다.206) 이종묵은 居敬, 窮理를 중시한 퇴계가 사물의 관찰을 통하여 그 속에 내재한 이치를 밝히려는 자세를 시에 담아 觀物察理의 시학을 중시하였다 하고, 철학적 자세를 시에 담아낸 퇴계시학은 載道論에 가깝다고 하였다.207)

퇴계가 시를 생산하던 당시 騷壇의 흐름은 江西詩派 등의 宋詩學이 일시의 유행으로 숭앙되었지만, 퇴계는 한 시대의

---

203) 洪瑀欽, 「퇴계의 《梅花詩帖》에 대한 연구」, 『인문연구』 제4호, 영남대 인문과학연구소, 1981, 참조.

204) 金周漢, 「退溪의 朱子詩 理解 - 武夷櫂歌를 中心으로」, 『영남어문학』 제10호, 영남어문학회, 1983, 참조.

205) 閔丙秀, 『韓國漢詩史』, 태학사, 1996, 258면.

206) 閔丙秀, 「退溪詩의 形象化 方式에 대하여」, 『韓國漢詩硏究』 5, 태학사, 1997, 263면.

207) 이종묵, 「性理學的 사유의 형상화와 그 美的 특질」, 『한국한시의 전통과 문예미』, 태학사, 2002. 123면.

흐름에 구애받지 아니하고 그만이 누릴 수 있는 시세계를 固守하였기 때문에 그 많은 難解詩를 제작하고서도 시세계의 건강을 유지할 수 있었다. 퇴계시가 다른 도학자의 시들과 변별성을 지닐 뿐 아니라, 그만의 독특한 시세계를 구축하고 있는 사실은 지금까지 漢詩史에서 간과했던 부분이다.

이밖에도, 문인들은 국문시가를 제작할 때에도 퇴계의 〈도산십이곡〉을 전범으로 하였다. 〈江湖戀君歌〉를 지은 장경세, 〈閑居十八曲〉〈獨樂八曲〉을 지은 권호문, 〈烏鷺歌〉〈操舟候風歌〉를 지은 李蒔가 그 대표적인 인물들인데, 이들도 퇴계의 溫柔敦厚한 詩精神에 영향을 받은 작가들이다.

〈도산십이곡〉에 대한 현대의 평설도 대부분 긍정적인 견해가 지배적이다. 조윤제는 〈도산십이곡〉을 창작시기에 주목하여, 이때에 퇴계가 중심이 되어 嶺南歌壇이 형성되었을 것이라 유추하였으며, 이 시조는 處士文學으로 계승되었다고 하였다.[208] 최진원은 〈도산십이곡〉의 시적 품격은 溫柔敦厚로서, 敬工夫에서 이룩된 서정 - 性情의 醇正 - 이라 하였다.[209] 이병기는 '퇴계가 연시조를 썼는데 聾巖과 같이 漢詩의 그것을 답습한데 불과하다'[210]고 비판하였고, 이에 대해 이동영은 退溪詩歌에 대한 올바른 이해가 아니라고 반격하였으며, 유가문학의 표준이 된다고까지 격찬한 조윤제의 평설을 수용하였다.[211] 정

---

208) 趙潤濟, 「退溪를 中心으로 한 嶺南歌壇」, 『청구대 논문집』 제8호, 청구대학, 1965. 참조.

209) 崔珍源, 「陶山十二曲攷」(二), 『도남학보』 제7호, 도남학회, 1985, 참조.

210) 李秉岐·白鐵, 『國文學全史』, 신구문화사, 1967, 124면.

운채는 〈도산십이곡〉과 漢詩를 통합하여, 성리학이 미칠 수 없는 시학의 독자적 영역을 '興感'으로 보고 퇴계가 蕩滌鄙 吝·溫柔敦厚·感發融通을 계기로 하여 興感의 詩學을 실천하였다고 평하였다.[212] 조규익은 〈도산십이곡〉과 퇴계의 散文에서 理法重視의 道의 詩論을 도출하였고, 이것은 도학의 중흥을 위해 이론과 실천 양면으로 노력한 퇴계 자신의 신조가 반영된 것이라 평하였다.[213]

본고에서 퇴계의 景物詩, 說理詩, 述懷詩에서 두드러지게 나타나고 있는 시적 특질이 시인 퇴계의 위상을 재정립하는 계기가 될 수 있음을 확인하게 되었다. 그 구체적인 예로 〈隴雲精舍〉, 〈景濂亭〉 등의 경물시에서는, 경치와 사물에 의탁하여 시인의 主意를 드러내는 경물시의 기본틀과는 차이를 보이고 있는 점을 들 수 있다. 實景 따위는 전혀 말끝에 올리지 아니하고 내재하는 理만을 말하고 있기 때문이다.

그러나, 퇴계는 다른 理學者들과는 달리 시는 性情의 바름을 구하는데 긴요하다는 효용적인 詩觀에도 불구하고 시인으로서의 본래적 체질 때문에 詩作의 도처에서 情感을 流露시키는데 인색하지 않았다. 洪萬宗이 그의 『小華詩評』에서 '退

---

211) 李東英, 「李退溪의 詩歌와 道學」, 『퇴계학보』 창간호, 퇴계학 부산 연구원, 1995, 참조.

212) 鄭雲采, 『退溪 漢詩 研究 – 性理學的 思惟 構造의 詩的 實現을 중심으로』, 서울대 석사학위논문, 1987, 108면.

213) 曺圭益, 「退溪의 詩歌觀 小攷－<陶山十二曲跋>·<書漁夫歌後>·<與趙士敬書>·<與鄭子精> 등을 중심으로」, 『퇴계학연구』 제2호, 단국대 퇴계학연구소, 1988, 참조.

溪 李先生 滉, 非徒理學者, 爲東方所宗, 文章亦卓越諸子'라
하여 純善至美의 境地를 高評한 것도 퇴계시의 효용성만 말
한 것이 아니다.
  아래에 徐敬德, 趙昱, 李彦迪, 曺植 등 理學者의 詩作을 보
이어, 이들의 시와 퇴계시의 차별성을 확인하려 한다.

有物	**徐敬德**

有物來來不盡來　　사물은 오고 또 와도 다 오지 못하고
來纔盡處又後來　　다 왔다가도 또 다시 오는 법.
來來本自來無始　　오고 또 와도 본디 오는 것은 처음이 없으니
爲向君初何所來　　묻노니 그대의 시초는 어디에서 왔는가?

見道	**趙昱**

萬理用雖異　　만가지 이치의 쓰임은 비록 다르지만
一原體自同　　한가지 원리의 體는 절로 같다오.
纖毫私意盡　　터럭 만큼의 사사로운 뜻도 다 없어야
始覺合天公　　비로소 하늘의 공리에 맞는 줄 깨닫게 된다.

無爲	**李彦迪**

萬物變遷無定態　　만물의 변화는 정해진 모양이 없으니
一身閑適自隨時　　이 한 몸 한가하니 절로 때를 따른다.
年來漸省經營力　　근래에는 꾸미는데 힘을 점차 줄여서
長對靑山不賦詩　　오랫동안 푸른 산 마주허도 시를 읊지 않는다.

天王峰　　　　　　　　　曹植

請看千石鍾	천석들이 저 종을 쳐다보시오
非大扣無聲	큰 것이 아니면 두드려도 소리나지 않네.
萬古天王峰	萬古의 天王峰
天鳴猶不鳴	하늘이 울어도 울지를 않네.

徐敬德의 〈有物〉은 그의 氣哲學만 확인한 것에 지나지 않는다. 시로써 갖추어야 할 것은 전혀 돌보지 않은 七言四句의 破格일 뿐이다. 그래서 이 작품은 그의 象數學的인 관심을 유희적으로 읊조린 것이라 해도 좋을 것이다.

趙昱의 詩는 마치 擊壤集을 읽는 듯한 느낌을 주는 것으로 평가되기도 하거니와, 이 〈見道〉는 朱熹詩의 틀을 그대로 본받고 있음을 쉽게 알 수 있게 한다.

李彦迪은 徐敬德과는 달리 二氣二元論을 주장하여 퇴계의 理氣互發說[214]에도 적지 않은 영향을 끼쳤을 것이라 추측된다. 그는 詩作에 있어서도 직접 得道의 즐거움을 노래하지 아니하고 求道精神을 노래하고 있을 뿐이다. 〈無爲〉역시 그러한 가운데 하나다.

曹植의 〈天王峰〉詩는, 지리산처럼 거대한 산을 바라보면서 그 굳건한 자세를 배우고자 하는 작자의 자세를 읽을 수 있다.

---

214) 퇴계시를 貫流하는 사상적 기반은 理貴氣賤의 理學的 思考 다시 말하면, '氣發理乘之 理發氣隨之'라 한 이른바 그의 理氣互發說이다. '理가 發하면 氣는 이에 따라간다'는 주장이다. 즉 理와 氣는 先後의 차이가 있다는 것이다.

한마디로 그의 居敬의 자세를 확인할 수 있게 하는 작품일 뿐이다.

그러나, 퇴계의 다음 작품 〈今滉寄示安道詩 二首〉 같은 것은 그의 손자에게 勸學의 뜻을 일깨워주기 위하여 쓴 작품이지만 시인 퇴계의 가림 없는 정감의 표출을 사실로 확인하게 된다.

今滉 寄示安道詩(一)　　　李滉

念爾山房臘雪天	섣달의 눈보라 山房에 너
業成勤苦庶追前	先世 일을 생각하여 공부에 애써다오.
二詩三復無窮意	삼복해 마지 않는 두 시의 무궁한 뜻
一枕更闌夢覺邊	꿈꾸고 깨는 사이 밤잠을 깨는구나.

今滉 寄示安道詩(二)　　　李滉

少年龍社擬書樓	소년시절 용수사를 書樓로 비기고서
幾把松明代熱油	기름 대신 관솔불을 얼마나 밝혔던고?
家訓未忘當日戒	家訓이라 그날의 경계를 잊으랴만
理源仍昧至今求	이치 근원 어두워 이제껏 찾는단다.
老情蘄汝承遺澤	늙은 심정 네게 빈다 선덕을 이어다오
忠告資朋尙遠謀	친구로부터 충고 들어 먼 계획을 도모하라.
門擁雪山人寂寂	설산이 문을 에워 싸 인적도 고요하니
好將同惜寸陰遒215)	조히 일촌광음도 함께 아낄지니라.

---

215) 『退溪先生文集內集』 卷4.

위에서 본 바와 같이 퇴계의 〈今滉寄示安道詩 二首〉, 〈讀書如遊山〉 등의 설리시는 詩敎에 충실함을 가장 긴절한 임무로 여기는 도학자들의 설리시와는 그 성향을 달리 하고 있다. 퇴계는 50대 이후, 직접 性理文字를 언표에 드러내는 일이 없지 않지만, 스스로 체험적인 삶의 문제와 마주하게 될 때, 스승으로서의 정감과 할아버지로서의 마음, 나아가 시인의 감정을 감추지 못한다.

그리고, 〈次韻景說景霖 二首〉, 〈答友人〉, 〈季春至陶山 山梅贈答 二首〉 등으로 대표되는 술회시에서는, 주로 체념이나 쓸쓸함 같은 인생의 허무함 내지 人生無常을 노래하는 술회시 일반과는 큰 차이를 보이고 있다. 퇴계의 술회시는 화답시와 차운시로 제작된 것이 대부분이며, 극도의 감상으로 치닫는 것이 아니라, 상대의 심정을 헤아려 그를 정감적으로 위무하는 것이어서 대체로 삶을 긍정하는 내용으로 가득 차 있다. 특히 매화, 국화와의 贈答詩들은 퇴계가 晚年에 매화, 국화로 표상되는 자연물과 합일하여 交感을 나누는 경지까지 그 시적 정서가 발전하였음을 보여준 것들이다. 이로써 보면, 지금까지 도학자적 위상에 가려져 간과되어온 시인 퇴계의 도학적 서정시의 특징은 앞으로 文學史에서 더욱 심도있게 논의되어야 할 중요한 과제라고 사료된다.

第 5 章

退溪詩의 展望

지금까지 퇴계시 연구는 퇴계의 사상적 연구를 토대로 수행되어 왔으므로 시인 퇴계의 면모가 깊이 있게 논의되지 않았다. 본고는 시인 퇴계의 위상을 재정립해야겠다는 관점에서, 시인 퇴계의 詩作에 대한 문학성을 탐색 논의하는 것을 핵심 과제로 하였다.

먼저, 시를 제작한 배경을 살피기 위하여 퇴계의 삶과 시세계의 변이과정을 살펴보았다. 퇴계의 삶은 크게 젊은 시절, 知天命, 晩年의 老境 등으로 나누어 검토하였으며 그의 삶이 시세계에 끼친 영향관계를 중점적으로 다루었다.

젊은 시절에 제작한 시에서는 자연물을 통해 이치를 알려고 노력하는 경물시, 학문의 즐거움을 젊은 熱氣와 自學意志에 담은 설리시, 遊學時節에 겪은 삶의 갈등을 자책하는 술회시로 나타나며, 간혹 修辭技巧가 여느 시인들의 시와 변별되지 않는 凡俗한 수준에 그치는 경향도 없지 않다.

知天命을 前後하여 지어진 시에서는 〈義州雜題〉 등과 같이 젊은 시절의 호방한 기개를 반영한 기행시가 있는가 하면, 身病으로 辭職한 후 歸去來하여 敎學의 뜻을 밝힌 설리시가 적지 않다. 또, 이 시기에는 고향의 山家에서 계속 머물러 있기를 소원하는 경물시와, 仕宦중에는 돌볼 수 없었던 梅花를 다시 보는 感懷를 담은 술회시도 창작된다.

晚年에 제작한 시에서는 삶의 質이 무엇인지를 자각하면서 일찍이 귀거래를 실행하지 못한 아쉬움을 悔悟하는 술회시가 나타난다. 또, 陶山에서 講學하는 것이 하늘이 자신에게 내린 天命을 받드는 일이라 깨닫고, 이 같은 심정을 시화하게 된다. 이로 인하여 그의 시편에는 설리문자를 직접 언표에 드러내기도 하지만, 스승으로서의 정감을 감추지 못하는 설리시를 제작하고 있는 것이 특징적이다. 한편, 이 시기에는 시의 내용은 학문에 정진하는 것이면서, 山家生活의 樂을 찾는 意趣 깊은 경물시가 제작되기도 한다.

拙著에서는 퇴계시의 전반적인 양상을 景物詩의 意趣, 說理詩의 情感, 述懷詩의 健康으로 이해하였다. 다시 말하면, 퇴계의 경물시, 설리시, 술회시에서 두드러지게 나타나고 있는 시적 특질이 시인 퇴계의 위상을 재정립하는 계기가 될 수 있음을 확인하게 되었다. 즉, 퇴계의 경물시에서는, 경치와 사물에 의탁하여 시인의 主意를 드러내는 경물시의 기본틀과는 차이를 보이고 있는 것이 그것이다. 實景 따위는 전혀 말끝에 올리지 아니하고, 내재하는 理만을 말하고 있기 때문이다.

또한, 설리시에서도 詩敎에 충실함을 가장 긴절한 임무로 여기는 도학자들의 설리시와는 그 성향을 달리 하고 있다. 퇴계는 50대 이후, 직접 性理文字를 언표에 드러내는 일이 없지 않지만, 스스로 체험적인 삶의 문제와 마주하게 될 때, 스승으로서의 정감과 할아버지로서의 마음, 나아가 시인의 감정을 감추지 못한다.

그리고, 술회시에서는, 주로 체념이나 쓸쓸함 같은 인생의 허무함 내지 인생무상을 노래하는 술회시 일반과는 큰 차이를 보이고 있다. 퇴계의 술회시는 화답시와 차운시로 제작된 것이 대부분이며, 극도의 감상으로 치닫는 것이 아니라, 상대의 심정을 헤아려 그를 정감적으로 위무하는 것이어서 대체로 삶을 긍정하는 내용으로 가득 차 있다. 일상적 감상에 흐르는 술회시와는 다른 초월적인 자기중심을 확보한 퇴계 특유의 술회시를 살펴보았다. 특히 매화, 국화와의 贈答詩들은 퇴계가 晚年에 매화, 국화로 표상되는 자연물과 합일하여 교감을 나누는 경지까지 그 시적 정서가 발전하였음을 보여준 것들이다.

퇴계가 시를 생산하던 당시 騷壇의 흐름은 江西詩派 등의 宋詩學이 일시의 유행으로 숭앙되었지만, 퇴계는 한 시대의 흐름에 구애받지 아니하고 그만이 누릴 수 있는 시세계를 고수하였기 때문에 그 많은 難解詩를 제작하고서도 시세계의 건강을 유지할 수 있었다. 퇴계시가 다른 도학자의 시들과 변별성을 지닐 뿐 아니라, 그만의 독특한 시세계를 구축하고 있는 사실은 지금까지 文學史에서 간과했던 부분이다.

　　이로써 보면, 지금까지 도학자적 위상에 가려져 간과되어온 시인 퇴계의 도학적 서정시의 특징은 앞으로 文學史에서 더욱 심도 있게 논의되어야 할 중요한 과제라고 사료된다.

第 2 部

退溪의 詩文學의 認識

其五
靑山눈 엇뎨호야 萬古이 프르르며
流水눈 엇뎨호야 晝夜애 긋디아니
노고 우리도 그치디마라 萬古常靑
호리라
　其六
愚夫도 알며호거니 긔아니 쉬운가
聖人도 몯다호시니 긔아니 어려운
가 쉽거니 어렵거나 듕에 늙노주를
몰래라
리

朝鮮前期의 文風은 儒家들의 傳統的 文學觀을 중요시하였다. 文章은 '道'를 담는 그릇(文者 載道之器)이라 하여, 단지 道를 운반하는 학문적 도구로만 여겨졌다. 문학의 기능 또한 공리적이고 효용적인 것으로 置簿하였으며,1) 퇴계 역시 문학은 그 효용적 기능이 매우 중요하다고 여겨 文以明道에 충실하려 하였다. 문장으로 도를 밝게 드러낸다는 것이 그의 문학관의 핵심이라 할 수 있다. '聖學'을 완성하는 것이 그의 궁극적 목표여서, 學問에 전념하는 것이 평생의 사업이므로, 그에게 문예활동은 한갓 '末技'2)에 지나지 않는 것이었다.

제자 월천 조목이 말씀드리기를, "心行이 바름을 얻지 못하면 비록 文學이 있다 한들 무엇에 쓰겠습니까?" 하였더니, 선생은 "文學을 어찌 가히 소홀히 여길 수 있겠는가? 글을 배우는 것은 마음을 바로잡기 위한 것이니, 이 또한『論語』首篇(行有餘力, 則以學文)의 註에서 제자의 직분을 논한 뜻과 같은 것이다." 라고 하였다.3)

---

1) 閔丙秀,「朝鮮前期의 文學觀에 대하여」,『韓國漢文學散藁』, 태학사, 2001, 17면.

2)『退溪先生文集內集』卷49,「與鄭子精」. "夫詩雖末技, 本於性情, 有體有格, 誠不可易而爲之."

3)『退陶先生言行通錄』卷2. "余因率爾而對曰, 心行不得正, 雖有文學, 何用焉. 先生曰, 文學豈可忽哉. 學文所以正心也, 是亦論語首篇註朱

그가 전념한 학업은 '爲己之學'이 핵심이었으므로 항상 '敬'의 자세로 일관해야 하고 바른 마음을 유지하기 위해 人慾을 억제해야 하는 것이 기본이었다. 퇴계에게 문예활동은 학업에 비해 그 무게가 가벼워 '末技'라 하였지만, 문예활동 자체를 부정하지 않았다. 문예활동에 빠져 本末이 전도되는 것을 경계하였을 뿐, 문예활동의 효용적 가치를 폄하하지 않았다. 퇴계는 그의 효용론적 문학관을 최대한 실현하려는 노력의 결과로 國文詩歌 〈陶山十二曲〉를 창작하였다.

물론 퇴계는 漢詩를 제작할 때에도 한갓 吟風弄月의 소일거리로서 가볍게 그것을 생각하지 않았으므로, 감성의 그릇으로 도를 담아낼 수 있었다. 그러나 한시는 歌보다 詠을 표현수단으로 하기 때문에 그 효용적 기능으로 보아 전달·파급효과가 국문시가보다 뛰어나지 못하였다. 퇴계에게 있어서 한시는 시인의 감수성을 발휘케 하는 詩精神을 담기엔 충분하였다.

그러나 그가 별도로 시조를 선택한 이유는 특히 晩年의 講學期에 이르러 많은 사람들을 계도케 하는 스승의 정신을 담기 위해서였다. 〈陶山十二曲〉은 스승의 마음을 직접 歌唱하는 동안 그들 스스로 삶의 이치를 깨닫기를 바라는 퇴계의 마음 그 자체이다.[4] 그러므로 퇴계의 문학관은 그가 晩年에 이르러 국문시가를 창작하게 된 배경까지 살필 때 그 의미가 되

夫子論弟子職之意也.”

4) 『退溪先生文集內集』 卷43, 「陶山十二曲跋」. “ (…) 欲使兒輩, 朝夕習而欲之, 馮几而聽之. 亦令兒輩, 自歌而自舞蹈之, 庶幾可以蕩滌鄙吝 感發融通, 而歌者與聽者, 不能無交有益焉. (…) ”

살아난다고 여겨진다.

　위의 도산십이곡은 도산노인이 지은 바다. 노인이 이것을 지은 것은 무엇 때문인가? 우리 동방의 가곡은 무릇 淫哇함이 많아 말할 바가 되지 못한다. 翰林別曲類와 같은 것은 문인의 입에서 나와 矜豪放蕩하고 藝慢戲狎하여 더욱 군자의 마땅히 숭상할 바가 아니다. 오직 근세에 李鼈의 六歌라는 것이 세상에 널리 전하는데, 그것이 한림별곡류보다 낫기는 하지만, 玩世不恭의 뜻이 있고 溫柔敦厚의 實이 적은 것이 역시 아깝다. 노인은 본래 음률을 모르나, 오히려 세속의 음악을 듣기 싫어하여, 閑居養疾의 여가에 무릇 情性에 느낌이 있으면 매번 詩로 나타냈다. 그런데 지금의 시는 옛날의 시와는 달라서 읊을 수는 있으나 노래할 수는 없다. 노래하려면 반드시 우리말로 엮어야 하는데, 대개 우리말의 음절이 그렇지 않을 수 없기 때문이다. 그래서 일찍이 李鼈의 六歌를 본떠서 陶山六曲 둘을 지었으니, 그 하나는 言志이고 그 하나는 言學이다. 아이들로 하여금 아침저녁으로 익혀 부르게 하여 궤석에 기대어 듣기를 바라며, 또한 아이들로 하여금 스스로 노래하고 스스로 춤추게 한다면, 더러운 마음을 씻고(蕩滌鄙吝) 感發融通케 할 수 있을 것이니, 노래하는 이와 듣는 이가 서로 유익함이 없을 수 없을 것이다.[5]

---

5) 『退溪先生文集內集』 卷43, 「陶山十二曲跋」. "右陶山十二曲者, 陶山老人之所作也. 老人之作此, 何爲也哉? 吾東方歌曲, 大抵多淫哇不足言. 如翰林別曲之類, 出於文人之口, 以矜豪放蕩, 兼以藝慢戲狎, 尤非君子所宜尙. 惟近世, 有李鼈六歌者, 世所盛傳, 猶爲彼善於此, 亦惜乎, 其有玩世不恭之意, 而少溫柔敦厚之實也. 老人素不解音律, 而猶知厭

이 글에서 퇴계의 문학관은 溫柔敦厚의 實을 중시한 것으로 나타난다. '溫柔敦厚'란 원래 詩經詩의 정신이기도 한 것으로, 성품이 따스하고 인정이 두터움을 뜻한다. 이 글은 퇴계 당시에 널리 가창된 李鼈의 작품이 溫柔敦厚의 實과는 거리가 멀기 때문에 스스로 詩歌를 창작하여 풍속을 순화하려 한다는 의도가 담겨 있다.

그는 과도한 豪氣를 노래한 시가를 矜豪放蕩이라 비판하였으며, 淫哇한 내용의 노래를 褻慢戲狎한 것이라 비판하였다. 이외에도 李鼈의 〈六歌〉에는 자연에 귀의하려는 의지가 儒者의 상식을 벗어나는 隱遁으로 치닫고 있어서[6] 玩世不恭으로 오만함을 비판하였다. 따라서 온유돈후한 마음을 담은 노래를 직접 가창하는 수용자는 蕩滌鄙吝하게 되고 感發融通의 효과를 볼 수 있다는 것이 바로 그의 효용론적 문학관이다.

聞世俗之樂, 閑居養疾之餘, 凡有感於情性者, 每發於詩. 然今之詩, 異於古之詩, 可詠而不可歌也. 如欲歌之, 必綴以俚俗之語. 蓋國俗音節所不得不然也. 故嘗略倣李歌, 而作爲陶山六曲歌二焉. 其一言志, 其二言學. 欲使兒輩, 朝夕習而歌之, 憑几而聽之. 亦令兒輩, 自歌而自舞蹈之, 庶幾可以蕩滌鄙吝, 感發融通, 而歌者與聽者, 不能無交有益焉. (…) "

6) 〈六歌〉의 第1首는 "我已忘白鷗, 白鷗亦忘我. 二者皆相忘, 不知誰某他. 何時遇海翁, 分辨斯二者."로 되어 있어 '隱遁'의 성향이 강하게 나타나고 있는가 하면, 第4首는 "玉溪山水下, 成潭是貯月. 淸斯濯我纓, 濁斯濯我足. 如何世上子, 不知有淸濁."으로 되어 있어 '獨善其身' 내지 '獨尊'과도 상통하는 '自足'의 성향이 강하게 나타나고 있다.

第 1 章

自然의 詩文學

퇴계는 26세 때 〈山居〉詩를 읊으며 그가 평생의 사업으로 행해야 할 일은 바로 산수자연 속에서 學問하는 것임을 밝힌 바 있다. 그는 다른 儒家들처럼 원래 兼善하면서 학문하는 것을 理想으로 생각하기도 하였으나, 그것이 혼탁한 당대의 현실에서는 이룰 수 없는 理想이란 것을 절감하게 되자, 자연스럽게 귀거래 생활을 희구하게 된다.

예로부터 귀거래 생활은 先人들이 삶의 방식의 하나로 수용한 것이지만, 그 생활 방법은 저마다 차이가 있었다. 퇴계는 先人들의 귀거래 생활의 방법을 크게 두 가지 형태, 즉 道家的 삶과 儒家的 삶으로 파악하고 後者를 그의 삶의 방법으로 선택하였다.

옛날 사람으로 산림에 낙을 붙인 자를 보면 역시 두 가지가 있다. 玄虛를 사모하고 高尚을 일삼기 위하여 즐기는 자도 있고, 도의를 즐기고 심성을 수양하기 위하여 즐기는 자도 있다. 전자를 따라 말한다면 혹시 제 몸을 깨끗이 하기 위하여 윤상을 어지럽히는 데에 흐르고, 보다 심하면 禽獸와 더불어 짝이 되어도 그르다고 여기지 않을까 두려우며, 후자를 따라 말한다면 좋아하는 바가 다만 성현의 糟粕 뿐이라, 그 전할 수 없는 묘법에 이르러서는 찾을수록 더욱 얻지 못하니 즐거움이 무엇이 있겠는가. 비록 그러나 차라리 후자를 위하여 스스로 힘쓸지언정 전자를 위하여 스스로 속이지는 않겠다. 또 어느 겨를에 이른바 세속의 명예 구하는 자들이 있다는 것을 알게 되어서 나의 마음을 어지럽히는 일이 있겠는가.7)

위에서 보면, 퇴계는 道家들의 귀거래 생활을 부정적으로 생각하였다. 그는, 도가들의 귀거래는 홀로 고상하게 살기 위한 은둔 생활인데, 이것이 곧 사람으로 살기를 거부하는 오만한 삶의 태도라고 생각한 것이다. 사실상 퇴계는 세상의 耳目에 신속하게 영합해 살아가지 못하는 등 세상과 뜻이 맞지 않아, 더욱 학문에 뜻을 둔 것이므로, 그의 귀거래는 산수자연 속에서 安分하여 겸손하게 살아가려는 의지가 반영된 것이기도 하다.

그의 귀거래 생활은 화훼를 재배하며 농사일에도 관여하는

---

7) 『退溪先生文集內集』 卷3, 「陶山雜詠幷記」. "觀古之有樂於山林者, 亦有二焉. 有慕玄虛, 事高尙而樂者, 有悅道義, 頤心性而有樂者. 由前之說, 則恐或流於潔身亂倫, 而其甚則與鳥獸同羣, 不以爲非矣. 由後之說, 則所嗜者, 糟粕耳, 至其不可傳之妙, 則愈求而愈不得, 於樂何有? 雖然寧爲此而自勉, 不爲彼而自誣矣. 又何暇知有所謂世俗之營營者, 而入我之靈臺乎?"

村翁의 모습으로 나타나고 있어 그의 시에는 농경생활의 苦樂이 담겨 있기도 하다. 敬思想을 삶의 신조로 한 그가 도가들의 삶을 오만한 것으로 인식한 것은 당연한 결과라 하겠다. 그의 겸손한 삶의 자세는 산수자연을 영달의 수단으로 여기지 않을 뿐 아니라, 자신의 집은 영원히 여기밖에는 없다는 생각이었으므로 村翁처럼 자연과 하나가 되기를 원하였던 것이다.

        이런들 엇다ᄒ며 뎌런들 엇다ᄒ료
        草野愚生이 이러타 엇다ᄒ료
        ᄒ믈며 泉石膏肓을 고텨 므슴ᄒ료[8]

  위에서 晩年의 퇴계는 스스로 '草野愚生'읻을 자처하고 있다. 그는 비록 스승의 입장에서 일깨움을 주기 위해 이 시조를 後人들에게 歌唱하도록 권하고 있으나, 자신 또한 大自然이라는 범주 속에서 보면 老大家라고 추앙될 것이 없으며, 그들과 똑같은 존재임을 겸허하게 고백하고 있다. 퇴계는 이와 같이 歌唱者들과 눈높이를 맞춘 다음, 이 시조를 부르는 까닭을 밝히고 있다. 즉, 자연을 떠나서는 한시도 살아갈 수 없는 순수함을 잃지 말자는 것이 終章의 要旨이다.

  戊申 正月(48세) 퇴계 선생이 단양군수에 임명되었다. 선생이 外職을 청원한 것에는 이미 깊은 뜻이 있었거니와, 이곳의 군수를 원한 것은 단양의 산수가 아름다웠기 때문이다.

---

8) 『退溪先生文集內集』 卷43, <陶山六曲之一> 其一.

이 곳 龜潭·島潭 같은 곳은 그 중에서도 경치가 뛰어났지만, 그 당시 잇따른 흉년으로 기근을 구제하느라고 바빠서 자주 그 곳에 오가지를 못했다. 가끔 공무의 여가를 틈타 간혹 경치를 감상하다가 흥이 나면 시도 읊었다.[9]

퇴계는 평소에 '산수자연에서 살려는 바람은 그 누군들 없으리오마는 발을 한 번 세상 티끌 속에 잘못 내디디면, 산수자연 속에서 조용히 살려는 염원을 이룰 사람은 별로 없을 것이다.'[10] 라 하여 宦路의 奔走한 生活 속에서는 儒者들이 꿈꾸어온 山林處士의 긍지를 깨달을 수 없음을 고백하였다.

위의 글을 통해서도 알 수 있듯이 그가 宦路生活조차 都城과는 멀리 떨어진 외직에서 수행할 것을 자처하게 된 것도 좀 더 자연과 가까이할 수 있는 계기를 마련하기 위해서였다. 그는 공무에 임하는 동안 忙中閑이나마 잠시 자연과 동화하려 노력하였다. 자연은 변함없이 옛 성현들이 애호하던 그 모습 그대로를 지니고 있기 때문에 尙古의 精神을 되새기는 수양의 공간이 되었던 것이다.

아아, 내 불행히도 먼 시골에 태어나 질박하고 고루하여 들은 것은 없었지만, 다만 일찍부터 이 山林 사이에 즐거움

---

9) 『退溪先生言行錄』卷3, <樂山水>. "戊申正月, 拜丹陽郡守, 先生乞外, 旣有深意, 而求爲是郡. 蓋以郡乃山水鄕也. 郡地龜潭島潭等處, 最爲奇勝, 而時値連凶賑饑, 未得常往來. 於其閒然, 於簿書之暇, 間或遊賞, 而寄興吟詠焉."

10) 『退溪先生文集內集』卷12, 「答李君浩書」.

이 있는 줄을 알았다. 중년이 되어 망령되이 세로에 나가 세상 풍진에 구르고 넘어져 나그네로 옮겨 다니다가 스스로 돌아오지를 못하고 거의 죽을 뻔하였다. 그 후 나이가 들어 병은 점점 깊어지고 매사 발에 걸려 넘어지듯 하니, 세상이 나를 버리지 않는다 하더라도, 내가 세상을 버리지 않을 수 없게 되었다. 이제야 비로소 관직에서 벗어나 밭이랑에 본분을 세우니, 前日의 이른바 산림의 즐거움이 나도 모르는 사이에 내 앞에 닿았노라. 그렇다면 나의 지금의 쌓인 병을 낫게 하고 숨은 걱정을 확 풀어 버려, 늘그막에 편안하고 안정된 삶을 누릴 수 있는 것은 이를 버리고 또한 어디서 구할 것인가.[11]

위에서 보면, 퇴계는 온갖 고난을 겪은 후, 어쩔 수 없이 산수자연으로 도피한 것이 아니라, 일찍이 山水之樂을 알았고 이로 인해 삶의 목표가 山林 속에서 이루어지기를 원하였다. 그러나 신하와 자식의 도리를 다하기 위해 벼슬살이를 하게 되면서부터 그는 삶의 즐거움 역시 山水之樂에서 오는 것임을 재확인하게 된다.

---

11) 『退溪先生文集內集』卷3, 「陶山雜詠幷記」. "嗚呼, 余之不幸, 晚生遐裔, 樸陋無聞, 而顧於山林之間, 夙知有可樂也. 中年妄出世路, 風埃顚倒, 逆旅推遷, 幾不及自返而死也. 其後, 年益老, 病益深行益躓, 則世不我棄, 而我不得不棄於世. 乃始脫身樊籠, 投分農畝, 而向之所謂山林之樂者, 不期而當我之前矣. 然則余乃今所消積病, 豁幽憂, 而晏然於窮老之域者, 舍是, 將何求矣?"

山前에 有臺ㅎ고 臺下애 有水ㅣ로다
떼만흔 굴며기는 오명가명 ㅎ거든
엇다다 皎皎白駒는 머리 모음ㅎ는고[12]

이 시조의 初·中章은 背山臨水의 勝景地에서 볼 수 있는 마치 한 폭의 그림 같은 장면이다. 이는 山과 水와 갈매기의 조화로운 모습에서 시인 또한 이들과 동화된 모습을 보이고 있는 것이다. 퇴계가 앞에서 말한 바 있는 山水之樂의 하나임에 틀림없을 것이다.

그러나, 종장에서는 자연물과 동화되지 못하고 있는 자신의 내면으로 되돌아오게 된다. 그도 때로는 자연물과 동화되지 못하고 말 수도 있는데 이를 계기로 그는 다시금 자신을 성찰하게 된다. 그의 마음 상태가 곧 자연과 같은지를 생각해 보아야 한다는 자각을 암시하기도 한다.

이 시조는, 산수자연 속에서 이루어지는 자연과 인간의 합일은 억지로 그렇게 되려고 애써서 되는 것이 아니라, 사람이 스스로 마음을 비우고 機心을 버려야만 자연과 더불어 진정한 物我一體가 가능함을 보여주고 있다.

바닷가에 사는 사람 중에 갈매기를 좋아하는 사람이 있었다. 매일 아침 바닷가에 나가 갈매기와 어울려 노닐며 즐거워하곤 하였다. 여기에 날아드는 갈매기 수는 백 마리가 넘었다. 어느 날, 그의 아버지가 "내가 듣자니 갈매기가 모두

---

12) 『退溪先生文集內集』 卷43, <陶山六曲之一> 其五.

너와 한 패가 되어 노닌다고 하니, 갈매기 한 마리를 잡아다 주렴. 나도 데리고 놀고 싶으니까."라고 말하였다. 이튿날, 바닷가에 나가보니 갈매기는 바다 위를 빙빙 돌뿐 날아들지 않았다.[13]

위의 이야기는 인간이 자연과 합일할 수 있는 방법을 일깨우는 글이다. 그것은 자연을 있는 그대로 바라보아야 한다는 것과 자연은 人慾을 채워주는 대상이 아님을 직시해야 한다는 것을 뜻한다. 퇴계의 생각 또한 이와 관련된 것이라 할 수 있다. 그는 위의 시조에서 '白駒'와 같은 자연물을 대할 때에도 항상 인욕이 배제된 마음으로 살아가고 있는지를 살펴야 한다는 가르침을 주고 있는 것이다.

책을 덮고 막대를 이끌고 나가 軒에 이르고 연못을 구경하고 단에 오르고 마을을 찾으며 園圃를 돌아 약초 심고 숲을 뒤져 꽃도 따며 혹은 돌에 앉아 샘물도 퉁겨 보고 대에 올라 구름을 바라보며 혹은 연못의 돌 위에서 고기를 구경하고 배안에서 갈매기와 서로 친하기도 한다. 이렇게 마음이 쏠리는 대로 따라가서 소요하고 배회하며 눈길이 닿는 대로 흥이 발동하고 경치를 만나면 취미를 이루다가 흥이 다하여 돌아오면 온 집이 고요하고 도서는 벽에 가득하다.[14]

---

13) 『列子』卷二, 「黃帝」, 第二. "海上之人, 有好鷗鳥者. 每旦之海上, 從鷗鳥遊. 鷗鳥之至者, 百數而不止. 其父曰, '吾聞, 鷗鳥皆從汝遊, 汝取來, 吾玩之.' 明日之海上, 鷗鳥舞而不下也. (…)"
14) 『退溪先生文集內集』 券3, 「陶山雜詠幷記」.

위의 글은 퇴계가 晩年의 陶山生活에서 터득한 삶의 의미를 보여주고 있다. 그의 山水之樂은 때때로 勝景地를 逍遙하며 그 아름다움을 玩賞하는 외적 체험에만 그치는 것이 아니었다. 그에게 있어서 산수자연은 일상적으로 마주하는 생활의 기반이 될 만큼 필수적인 대상이다. 그에게 학문 또한 이와 마찬가지의 가치를 지니는 것이다. 위의 글에서는 학문과 자연이 그의 삶에 있어 긴밀한 틀임을 나타내고 있다. 다시 말하면, 그는 산수자연에서 학문에 심취하는 것이 진정한 山水之樂임을 보여주는 바, 이는 다음의 시조에도 잘 나타나 있다.

天雲臺 도라드러 玩樂齋 蕭灑흔듸
萬卷生涯로 樂事ㅣ 무궁호얘라
이듕에 往來風流를 닐어 므슴홀고[15]

이 시조는 앞의 글에서 말한 퇴계의 山水之樂이 風流精神에까지 의미의 확장을 보이고 있다. 그는 산수 생활이 단지 자연물을 완상하는 것에 그치지 않고, 학문을 연마하는 가운데 진지하게 산수자연의 의미를 되새기는 것이 수반될 때에야 비로소 음풍농월의 한계를 극복할 뿐만 아니라, 나아가 풍류정신도 함께 체득할 수 있다고 본 것이다.

"撥書攜筇而出, 臨軒翫塘, 陟壇尋社, 巡圃蒔藥, 搜林擷芳, 或坐石弄泉, 登臺望雲, 或磯上觀魚, 舟中狎鷗, 隨意所適, 逍遙徜徉, 觸目發興, 遇景成趣, 至興極而返, 則一室岑寂, 圖書滿壁."
15)『退溪先生文集內集』卷43, <陶山六曲之二> 其一.

第 2 章

心性의 詩文學

퇴계의 삶은 '마음의 다스림'을 골자로 하여 수양해 간 것에
그 의미가 있다. 그는 마음이라는 형이상학적 관념의 영역을
볼 수는 없으나, 그것에 의해 감정을 표현하고 행동하는 개체
가 바로 인간이니 만큼 바른 마음을 지녀야 바르게 행동할 수
있음에 주목하였다. 다음은 바른 마음의 본질은 仁으로 귀결
됨을 일깨우는 시조다.

> 淳風이 죽다 ᄒᆞ니 眞實로 거즈마리
> 人性이 어디다 ᄒᆞ니 眞實로 올ᄒᆞ마리
> 天下애 許多英才를 소겨 말솜홀가[16]

퇴계는 바른 마음이 생기는 원리와 바른 마음을 유지하는
방법에 대해 精緻하게 이론화하여 「聖學十圖」를 제작하였다.
그는 朱子의 '敬' 개념을 수용하여 마음을 다스려 仁을 실천하

---

16) 『退溪先生文集內集』 卷43, <陶山六曲之一> 其三.

는 방법의 기본으로 삼았다. 스스로 자신을 통제하는 중심에 '敬'을 두고, 이를 통해 마음의 집중과 각성을 실현함으로써 인격을 聖의 境地에 이르고자 했다.[17]

古人도 날 몯 보고 나도 古人 몯 뵈
古人를 몯 봐도 녀던 길 알픠 잇니
녀던 길 알픠 잇거든 아니 녀고 엇뎔고[18]

퇴계에게 '마음의 다스림'이란 이것으로 일상생활속의 一擧手 一投足을 '古人', 즉 聖人의 삶에 비추어 행함을 의미한다. 결국 그에게 있어서 학문은 출세의 수단과는 거리가 먼 것이었다. 뜻있는 일생을 살아가기 위해서는 무엇이 가치 있는 것인지 제대로 배우고 올바르게 알아야 가능한 것이다. 그의 가치 추구의 목표는 聖人의 境地에 도달하는 것이었다. 따라서 그는 聖學을 배우고 익혀 일상생활 속의 사소한 일 처리에까지 聖人을 법받아 생활할 수 있었다.

정서의 자연스러운 발로를 인정하는 老莊思想에서는 정서가 규범의 제한을 받지 않기 때문에 방일에 흐를 수도 있는데, 퇴계는 그것을 용납할 수 없었다.[19] 유가적 삶에 의하면, 노장적

---

17) 琴章泰, 「퇴계의 心 개념과 修養論」, 『'聖學十圖'와 퇴계철학의 구조』, 서울대출판부, 2001, 177면.

18) 『退溪先生文集內集』 卷43, <陶山六曲之二> 其三.

19) 芮昌海, 「退溪의 詩歌 - 儒家 詩歌의 文學的 限界性의 한 局面」, 『국어국문학』101, 1989, 65면.

자유로움은 사람들에게 過失을 초래할 소지가 충분히 있다고
본다. 허물없는 사람으로 살아야 함을 일깨우는 퇴계의 가르침
은 다음의 시조에서도 나타나고 있다.

煙霞로 지블 삼고 風月로 버들 사마
太平聖代예 병으로 늘거 가늬
이듕에 브라는 이른 허므리나 업고쟈[20]

이 시조에서는 질병으로 노쇠해지는 것보다 더 두려워해야
할 것은 마음의 허물이 있는 사람이라는 것이다. 퇴계에게 바
른 마음이 생기는 원리는 主理的 思惟에 입각해 있다. 마음이
란 본래 理와 氣의 합인 것이다. 내면세계의 법칙으로서의 理
가 氣質의 影響을 받지 않고 본연의 善을 이룰 수 있는 것이
孟子가 말한 四端인데, 이른바 측은해하는 마음은 仁의 단서
이고, 부끄러워하는 마음은 義의 단서이고, 사양하는 마음은
禮의 단서이고, 是非하는 마음은 智의 단서가 된다는 것이다.
本然之性은 理의 작용이 강해 四端에 연결되고, 氣質之性은
氣의 작용이 강해 七情(喜·怒·哀·懼·愛·惡·欲)에 연결
된다. 七情은 본래 善한 것이지만 惡으로 흐르기 쉽기 때문에
발할 때 절도에 맞아야 바른 마음을 잃지 않게 된다.

---

20) 『退溪先生文集內集』 卷43, <陶山六曲之一> 其二.

대체로 문장은 常格 이외에 스스로 機軸을 내기를 兵法에서 奇策을 냄이 무궁한 것이 진실로 妙處인 것과 같이 해야 한다. 그러나 그 기책을 내는 곳도 모름지기 節度가 있고 來歷이 있어야 師法이 될 수 있으며 敗하지 않는다. 만일 이것이 없이 기(奇)만을 지나치게 좋아하게 되면 모두 敗하게 된다. 어떻게 매번 이것(奇)만을 귀하다고 할 수 있겠는가? 그 마땅히 正法을 써야 할 곳에는 正法을 쓰는 것이 옳다. 이제 이 문장은 전편이 따로 하나의 機軸이니 마치 병법의 기책을 내는 것과 같다.[21)]

法古를 抽獎하고 있지만, 奇警(新奇)을 용인하지 않으려는 퇴계의 苦心을 읽게 해준다. 栗谷이 '퇴계에게는 依樣의 氣味가 많다'[22)]한 것도 法古를 귀하게 여긴 퇴계의 이러한 心性과 무관하지 않을 것이다.

너희들은 어찌하여 詩를 배우지 않느냐? 詩는 感興을 자아낼 수 있고, 詩로써 풍속의 淳厚함을 살필 수 있고, 詩로써 여럿이 모일 수 있고, 詩로써 원망할 수 있으며, 가까이는 어버이를 섬기는 일에서, 멀리 임금을 섬기는 일, 鳥獸와

---

21) 『退溪先生文集內集』 卷21, 「答李剛而」. "大抵文字, 常格之外, 自出機軸, 如兵法之出奇無窮, 固是妙處. 然其出奇處, 亦須有節度方略, 有來歷可師法, 故可貴而不敗. 若無是數者, 而過於好奇, 則不敗者鮮矣. 何可每每以是爲貴? 其合用正法處, 止當用正法可也. 今此文字, 全篇別一機軸, 好是兵法之出奇."

22) 『栗谷集』 卷10, 書二, 「答成浩原」. "整菴花潭多自得之味, 退溪多依樣之味."

草木의 이름에 이르기까지 많이 알게 된다.[23]

『論語』에는 孔子가 강조하는 시의 기능적 측면이 잘 나타나 있다. 공자의 詩觀에 의하면, 시를 통해 인간의 도리를 터득하여 자신의 삶을 바르게 실천궁행할 수 있다는 것이다. 즉, 學詩는 性情 純化의 기본이 되어 儒家들의 수양 방법의 하나로 제시된 것이기도 하다. 퇴계 또한 詩經을 읽는 것이 心學에 필요하며, 그것을 읽지 않는다면 큰 잘못이라 여겼다.[24] 詩經을 읽고 성정을 함양한다는 데에 의의를 두기 때문이다.

무릇 詩가 末技이기는 해도 性情에 근본을 두는 것이며, 體와 格이 있어 진실로 쉽게 여겨서 할 수 있는 것은 아니다.[25]

퇴계의 문예활동은 눈과 귀를 즐겁게 하는 것에 그치지 않고 爲己之學에 부합한 뜻의 高下와 관련되어 있다. 퇴계는 당시 科擧가 求祿의 도구로 전락하고 있는 현실을 개탄하고, 심지어 '한번 문인이라 불리우면 족히 볼 것이 없다(一號以文人不足觀)'고 하여 문인으로 불리우는 것까지도 거부하였다.[26]

---

23) 『論語』卷之十七, 「陽貨」. "子曰, 小子, 何莫學夫詩? 詩, 可以興, 詩, 可以觀, 可以羣, 可以怨, 邇之事父, 遠之事君, 多識於鳥獸草木之名."
24) 『退陶先生言行通錄』卷1.
25) 『退溪先生文集內集』 卷35, 「與鄭子精琢」. "夫詩雖末技, 本於性情, 有體有格, 誠不可易而爲之."
26) 閔丙秀, 앞의 책, 29면.

그는 시를 지으며 마음을 바르게 하는 데에만 온 힘을 기울였다. 시가 高格을 귀히 여기는 까닭은 그 바탕이 性情에 있기 때문이라 생각하였을 뿐 끝내 그는 시인으로 자처하지 않았는데, 及門諸人들에게 시짓는 법을 가르친 일도 드물고, 시의 이론에 대해서 언급한 것도 역시 드물었다.[27]

> 선생은 시짓기를 좋아하여 평소에 시짓는데 공을 많이 들였다. … 시가 학자에게 있어서 가장 긴절한 일은 아니다. 그러나 경치를 만나고 흥을 만나게 되면 시가 없을 수 없는 것이다.[28]

그는 '한 번 문인으로 불리우면 족히 볼 것이 없다'고 생각하기까지 하였지만, 아름다운 景物을 만난다거나, 詩心이 발동할 때는 시짓는 것을 서슴지 않았다. 그가 시짓는데 공을 들였다고 한 것은 그에게 詩作은 곧 성정을 함양하는 것이 되므로 華彩를 멀리 하고 枯淡한 마음을 표현해야 했기 때문이라 하겠다.

그런데 鄭君만은 자부심을 드러내고 화려함을 다투며 기개를 다하여 남보다 나아지려고 하는 것을 높이 여긴다. 그리하여 말이 혹 방탄함에 이르기도 하고, 뜻이 혹 방잡한데

---

27) 王 甦(李章佑 譯),『退溪詩學』, 中文出版社, 1997, 19면.

28)『退陶先生言行通録』卷5. "先生喜爲詩, 平生用功甚多. … 詩於學者, 最非緊切, 然遇景値興, 不可無詩矣."

이르기도 한다. 모든 것을 묻지 않고 입을 믿고 붓을 믿으며, 거칠고 난잡하게 써내려가니 비록 한 때, 쾌감을 얻을지라도 만세에 전해지기 어려울까 두렵다. 하물며 이 같은 일을 능사로 삼아 익숙해져도 그만두지 않는 탓에 더욱 말을 삼가거나 방자한 마음을 수습하는 道에 방해가 되니 마땅히 경계해야 한다. 이에 고금 명가의 저작을 취하여 성실하게 공을 들이고 스승으로 삼아 본받는다면, 거의 타락에 이르지 않게 될 것이다.[29]

퇴계의 詩觀은 朱子의 그것에 힘입은 바가 크다고 할 수 있다. 朱子는, '시는 뜻(志)의 나아가는 바라 하였는데, 마음에 존재하면 뜻(志)이 되고, 말로 나타내면 시가 된다'고 하였다. 퇴계의 知는 이러한 聖賢의 교훈적인 말씀이고, 行은 스스로의 도덕적인 행실이라 하겠다. 그가 〈吟詩〉에서 '시가 사람을 그릇치지 아니하고 사람이 제 스스로 그릇되지(詩不誤人 人自誤)'[30]라고 읊었듯이, 시는 곧 그 사람과 같아서 시인의 기본자세가 중요하며, 修養의 深淺에 따라 詩格이 달라질 수 있다는 것이 그의 지론이다.

위에서 퇴계는 사람들이 시를 배우다가 시에 정신이 빠져 본

---

29) 『退溪先生文集內集』卷49,「與鄭子精」. "君惟以詩多鬪, 靡逞氣, 爭勝爲尙. 言或至於放誕, 義或至於厖雜. 一切不問, 而信口信筆, 胡亂寫去, 雖取快於一時, 恐難傳於萬世. 況以此等事爲能, 而習熟不已, 尤有妨, 於謹出言, 收放心之道, 切宜戒之. 仍取古今名家著, 實加工, 而師效之, 庶幾不至於隆墮也."

30) 『退溪先生文集內集』卷3, 〈吟詩〉.

심을 잃을까 두려워했던 것이다. 퇴계가 白居易의 〈長恨歌〉와 같은 시를 淫猥한 惡詩로 인식한 것도 물론 이 때문이다.

퇴계선생은 문장을 짓거나 말하는데 있어서도 戲弄하거나 猥藝的 표현을 하는 일이 없었다고 한다. 어떤 사람이 '楊太眞이 臨邛道士를 보내어 唐나라 玄宗에게 還報하는 내용의 시'를 지어다가 퇴계선생에게 評을 해달라고 하자, 그는 답하여 말하기를, "楊太眞의 일은 白樂天이 처음에 본보기를 만들었고, 魚無迹이 우리나라에서 극구 퍼뜨렸으니, 대장부의 입으로 어찌 그다지도 淫亂하고 醜한 말을 그려낼 수 있겠는가?" 하였다.[31]

그는 存養의 공부 없이 직출하는 詩情은 지양한 반면에 省察의 공부 속에서 여과된 詩情을 귀하게 여겼다. 따라서 퇴계의 詩觀은, 시는 곧 그 사람과 같다는 것이다. 儒者의 도리는 每事가 그렇듯 義로써 가지런히 하고 그 是非를 분별하며 사는 것이다.

명의재

義의 길은 숫돌 같아 坦然 분명한데
心燭 한 번 어두워지면 그 길 걷기 어렵구려.
큰 잠에서 깨어나는 그 곳을 알려면

---

31) 『退陶先生言行通錄』 卷5. "先生, 雖文字言語之間, 未嘗爲戲藝之語. 人有作太眞送臨邛道士還報唐天子詩, 欲課之, 先生批曰, 太眞之事, 白樂天始作俑, 魚無迹極鋪張之, 大丈夫口中, 豈可狀出淫醜之語也."

오래오래 쌓고 쌓은 研精에 있느니라.

明義齋

義路如砥坦且明
一昏心燭故難行
欲知大寐如醒處
唯在研精積久生[32]

이 시는 行義(바른 길을 행함)할 것을 강조한 것이다. 이 시를 통해 퇴계는 행의에 앞서 마음의 燭을 밝혀야 한다고 여겼다. 그는 敬을 心燭으로 삼아 爲己之學을 연마하였으며, 心燭이 있어야 마음 한 구석에 자리한 사리사욕의 응덩이를 볼 수 있고, 이것에 빠지지 않을 수 있어야 聖學의 길을 갈 수 있다고 보았다. 이러한 그의 자세는 朱子와도 일치하는 것이다. 朱子에 의하면, 敬은 義와 연결되므로 敬할 때는 공경의 마음가짐뿐만 아니라 곧고 공정한 마음가짐도 지녀야 하는 것이 된다.[33]

퇴계는 孔孟과 마찬가지로 인간의 유형을 세 가지로 인식하였다. 上智·中人·下愚가 바로 그것이다. 그는 이것에 대한 이유를 구체적으로 설명한 것으로도 유명하다. 그의 설명은 다음과 같이 요약될 수 있다.

---

32) 『退溪先生文集內集』 卷5.

33) 大濱晧(이형성 옮김), 『범주로 보는 주자학』, 예문서원, 1997, 249면.

첫째, 上智의 사람은 맑은 氣(하늘의 氣)와 순수한 質(땅의 質)을 타고난 사람으로, 그는 天理에 대해 알고 또 이를 잘 실천하여 하늘과 합일하게 된다.

둘째, 中人의 사람은 맑은 氣와 雜駁한 質, 또는 탁한 氣와 순수한 質을 타고난 사람이다. 그는 天理에 대해 충분히 알지만 실천이 부족하다든지, 그것에 대해 잘 알지 못하나 실천을 철저하게 할 경우 하늘과 합일하기도 하고 어긋나기도 한다.

셋째, 下愚의 사람은 탁한 氣와 雜駁한 質을 타고난 사람이다. 그는 天理에 대해 알지도 못하고 실천하지도 못하여 하늘과 완전히 어그러지는 사람이다.[34]

퇴계가 이와 같이 인간의 세 유형을 제시한 것은, 그는 세 유형에 共히 갈 수 있는 인생의 통로를 일러준다면, 궁극적으로 聖賢의 길에 다다를 수 있다는 것을 확신하였기 때문이다.

퇴계가 인도하는 인생의 통로는 곧 學問의 길이다. 여기에서 학문이란 다름아닌 爲己之學을 일컫는다. 위기지학은 수양을 위한 학문이다. 이와 반대로 爲人之學은 俗人의 처세방식에 부합하는 것이라 하겠다. 결국 天理를 제대로 알고 이를 실천하는 삶은 수양하는 가운데 완성되는 것이다.

君子의 학문은 '爲己'일 따름이다. 이른바 '爲己'라 함은 장경부가 말한 '人爲가 없이 그러하다'는 것이다. 가령 깊은 산 무성한 숲 속에 한 그루 난초가 있어서 종일토록 향기를 내

---

34)『退溪先生文集內集』卷41,「雜著」, <天命圖說>.

뿜으면서도 스스로 향기로움을 알지 못하는 것이 바로 君子
의 '爲己之學'에 꼭 맞는 것이다.[35]

『陶山及門諸賢綠』에 수록된 대장장이 제자 裵純의 일화를
통해서도 이러한 사실을 확인할 수 있다.

> 裵漸은 혹 純이라고 하는데, 고흥주에 살았던 사람으로,
> 대장간을 업으로 삼았다. 집이 소수서원에 가까워, 매양 선
> 생이 서원에 왕림해 講할 때에는 반드시 들아래에서 끓어
> 앉아 들었다. 날마다 항상 그렇게 하며 기뻐서 돌아가는 것
> 도 잊었다. 그 얻은 바를 시험하면 자못 다 이해할 수 있었
> 다. 선생이 돌아가심에 心喪 3년을 복을 입었다.[36]

퇴계는 비록 中人과 下愚의 사람들에게 탁한 氣와 雜駁한
質이 있더라도 爲己之學을 충실히 하여 잘못을 고치려는 변화
를 거듭한다면 그들 또한 고결한 삶을 이룰 수 있다고 보았다.
퇴계는 특정인만이 理想的 人間型 즉, 聖人의 境地에 이르는
것이 아니라, 下愚일지라도 스스로 본성을 회복하려 노력한다
면, 聖人이 될 수 있다고 생각한 것이다.

---

35) 『退溪先生言行錄』 卷1,「敎人」. "先生曰, 君子之學, 爲己而已. 所謂
　　爲己者, 卽張敬夫所謂無所爲而然也. 如深山茂杯之中, 有蘭草, 終日
　　薰香而不自知其爲香, 正合於君子爲己之義, 宜深體之."
36) 『陶山及門諸賢錄』 卷4,「本錄」. "裵漸或云純, 古興州居民鐵冶爲業.
　　家近紹修, 每先生臨院講學, 必拜跪參聽於庭下. 日以爲常, 悅而忘歸.
　　試叩其所得, 頗能領解. 先生歿, 爲服心喪."

第 3 章

生活의 詩文學

儒者는 아무리 태평무사한 시절에 임했을지라도 항상 憂患意識을 가지고 전전긍긍해야 함을 철칙으로 삼는다. 幸祐의 기쁨을 자제케 하는 悲壯한 心思 역시 儒者에게는 내재된 것이었다. 흔히 인생을 塞翁之馬의 古事에 비유하기도 하지마는, 퇴계의 경우는 다음의 시조를 통해 이점을 일깨우고 있다.

> 愚夫는 알며 ᄒᆞ거니 그 아니 쉬운가
> 聖人도 몯다 ᄒᆞ시니 그 아니 어려운가
> 쉽거나 어렵거낫 듕에 늙는 주를 몰래라[37]

위의 시조에서 퇴계는, 쉽기로 말하면 愚夫도 알며 하고 어렵기로 말하면 聖人도 못다 하시는 인간 본연의 일에 침잠하여 생활하는 것이[38] 儒者의 삶임을 보여준다.

---

37) 『退溪先生文集內集』 卷43, <陶山六曲之二> 其六.
38) 鄭雲朵, 『退溪 漢詩 研究 - 性理學的 思惟 構迸의 詩的 實現을 중심

그는 스스로는 검박하였으나 타인에게는 厚德하여 결코 薄情하지 않았다. 『退溪先生言行通綠』에 의하면, '그는 사람을 대할 때에는 貴·賤·賢·愚를 가리지 않고 禮를 다하였다. 아무리 미천한 사람이 오더라도 반드시 뜰에 내려가 맞이하였으며, 자신이 덕과 지위가 높다고 하여 한 번도 자존하지 않았다. … 손님이 오면 貴賤을 가리지 않고 인정과 정성을 다하였다'[39]고 기록하고 있다. 퇴계의 삶이 인간미를 느끼게 하는 것은 그가 溫柔敦厚한 性情을 지녔기 때문이다. 퇴계는 자신과 교유한 이들에게 이 같은 온유돈후의 性情을 베풀었을 것이다. 특히 朝市를 떠나 있어도 항상 임금을 생각하는 마음에는 변함이 없었음을 다음의 시조에서 알 수 있다.

　　　幽蘭이 在谷ᄒ니 自然이 듣디 됴해
　　　白雲이 在山하니 自然이 보디 됴해
　　　이듕에 彼美一人을 더욱 닛디 못ᄒ얘[40]

儒家的 삶의 인식은 알 수 없는 미래를 향해 표류하는 사람에게 한줄기 빛이 될 수 있다고 본다. 한국 유학에서는 이러한 삶의 인식이 퇴계를 통해 구현된다. 『退溪先生言行錄』을 보면, 그는, '鳶飛魚躍(솔개는 하늘에 날고 고기는 물 속에 뛰는 것

으로』, 서울대 석사학위논문, 1987, 105면.

39) 『退溪先生言行通錄』 卷1, 「言行通述」. "無貴賤賢愚, 無不盡其禮. 客至雖微, 皆下階迎之. 未嘗以老貴而自尊也. … 賓客之來, 不問貴賤, 必設酒飯, 盡其情款, 雖家用不足, 亦然."

40) 『退溪先生文集內集』, 卷43, <陶山六曲之一> 其四.

과 같은 자연의 조화로운 이치)처럼, 사물의 자연스러움이란 이
같은 이치이다. 솔개가 하늘로 날고, 고기가 물에서 뛰는 것은
억지로 힘써서 하는 것이 아니라 자연의 이치가 그러한 것이
다. 잠시라도 하여야만 되겠다는 생각을 하면, 이것은 理의 자
연스러움이 아니다'는 말로 生의 이치를 설명하였다.

> 春風에 花滿山ᄒ고 秋夜애 月滿臺라
> 四時佳興ㅣ 사롬과 ᄒᆞᆫ가지라
> ᄒᆞ믈며 魚躍鳶飛 雲影天光이아 어늬 그지 이슬고[41]

이 시조 또한 '魚躍鳶飛 雲影天光'과 같은 변함없는 자연의
이치를 본받아서 생활해야 함을 일깨우고 있는 노래다. 이는
자연의 질서와 같은 順理를 따르며 생활하는 것이 삶의 이치
임을 말한 것이다.

그의 학문은 知行合一을 실천하려는 생활 속에서 이루어진
것이어서 사변적인 것에 그치지 않았으며, 그의 언행은 곧 儒
者의 본보기이고 법식이 되었다. 퇴계에게 학문은 결코 科擧
及第를 위한 일회적 도구가 아닌 것이며 생활 속의 恒道와 관
련된 것인데, 이점은 다음의 시조를 통해서 알 수 있다.

> 靑山ᄂᆞᆫ 엇뎨ᄒᆞ야 萬古애 프르르며
> 流水ᄂᆞᆫ 엇뎨ᄒᆞ야 晝夜애 긋디 아니는고
> 우리도 그치디 마라 萬古常靑 호리라[42]

---

41) 『退溪先生文集內集』 卷43, <陶山六曲之一> 其六.

이 노래는 學問이야말로 生活 속의 恒業이어야 함을 강조한 것인데, 산과 물 같은 자연물의 生의 理致가 '변함없음'을 전제로 하여, 인생 또한 변함없이 학문을 연마하는 생활을 할 때 비로소 완전한 인간, 곧 聖人의 경지에 이를 수 있음을 말하고 있다. 위에서 靑山과 流水는 어질고 지혜롭게 살아가기를 희구하는 儒家의 生活哲學과 관련된 것이기도 하다.[43]

퇴계는 진실로 義가 아니면 아무리 祿이 많아도 받지 않았고, 길에 떨어진 지푸라기 하나라도 취하지 않았다. 栗谷은 퇴계의 생애를 회고하면서, 그의 삶을 '衣食은 겨우 유지하였으나 淡泊한데 맛을 들여 勢利와 紛華를 뜬구름같이 보았다'고 하였다.[44]

퇴계는 名利를 탐하지 않는 삶을 살아야 孔子의 가르침을 실행하는 것이라 생각하였다. 그의 이러한 삶의 자세는 高峰의 『退溪先生墓碣銘』을 통해서도 알 수 있다. 그 서두는 퇴계가 생전에 써둔 「自銘」을 그대로 옮긴 것인데 내용은 다음과 같다.

나면서부터 어리석기 짝이 없었고, 성장하여서는 병도 많았구나. 중년엔 어찌하다 배우기를 좋아하였으며, 늦게서야 어찌하여 벼슬을 받았던가? 학문은 구할수록 멀어지고, 벼슬

---

42) 『退溪先生文集內集』 卷43, <陶山六曲之二> 其五.

43) 『論語』 卷之六, 「雍也」. "子曰, 知者樂水; 仁者樂山, 知者動, 仁者靜, 知者樂, 仁者壽."

44) 『退溪先生言行通錄』 卷1, 「遺事」.

은 싫다하여도 더욱 더 주어지는구나. 나아가는 길이 험해 물러나 은거할 마음 곧았네. 임금의 은혜 매우 부끄럽고 성현의 말씀 참으로 두렵구나.

산은 높이도 솟아 있고 물은 쉼 없이 흘러가네. (벼슬하기 전의) 처음 뜻을 그대로 좇으니 뭇 사람의 비방을 떨쳐 버린 듯하구나. 나의 회포 여기서 막히니 나의 패옥 누가 만져주리? 나 스스로 옛 사람 생각하니 진실로 내 마음 부합되네.

앞으로 올 세상 어찌 알리? 현실도 알지 못하거늘. 근심 속에서도 즐거움 있고 즐거움 속에도 근심은 있네. 자연의 조화를 따라 돌아가니 이 세상에서 다시금 무엇을 구하리오?45)

위에서 퇴계는 오로지 학문하는 삶에서 인생의 의미를 찾고 있으며, 이와 반대로, 벼슬하는 삶에 대해서는 별반 의미를 두지 않고 있다. 또, 인생의 방향은 애국심과 상반되지 않는 것이며, 성현의 가르침이 그 指標임을 알 수 있다.

퇴계가 自銘을 지은 이유는 그의 장례식이 세상에서 떠들썩하도록 치러지는 것을 바라지 않아 단지 그의 碑石에 '退陶晚隱眞城李公之墓'라고 쓰기를 바랐기 때문이다. 그는 萬年 환로 생활을 달가워하지 않았을 뿐만 아니라 벼슬을 生의 憂患이라고까지 하였다. 그렇기 때문에 그가 관리로서의 화려한 장

---

45) 『退溪先生言行通錄』 卷1, 「先生自銘」. "生而大癡, 壯而多疾. 中何嗜學, 晚何叨爵? 學求猶邈, 爵辭愈嬰. 進行之跆, 退藏之貞, 深慙國恩, 亶畏聖言. 有山嶷嶷, 有水源源. 婆娑初服, 脫略衆訕. 我懷伊阻, 我佩誰玩? 我思古人, 實獲我心. 寧知來兮, 不獲今兮. 憂中有樂, 樂中有憂. 乘化歸盡, 復何求世?"

례식을 원한다면 이는 宦德에 의지하는 것이 되므로 이를 용납할 수 없었다.

위의 글은 자신이 남긴 묘비명의 정신과 같으며 삶의 회고록이라 할 수 있다. 가령, 그가 죽음에 임한다면 삶에 미련을 두지 않아 순리대로 따르겠다고 생각할 뿐이라는 것이다. 이러한 사실은 晩年에 이르러 체득한 悔悟的인 삶의 인식과 무관하지 않은 것이다.

參考文獻

1. 資料

『(增補) 退溪全書』, 성균관대학교 대동문화연구원, 1987.

『(詳說) 古文眞寶大全』, 保景文化社, 1986.

『論語』, 성균관대학교 대동문화연구원, 1971.

『孟子』, 성균관대학교 대동문화연구원, 1971.

『大學』, 성균관대학교 대동문화연구원, 1971.

『中庸』, 성균관대학교 대동문화연구원, 1971.

『詩經』, 성균관대학교 대동문화연구원, 1996.

『書經』, 성균관대학교 대동문화연구원, 1989.

『易經』, 성균관대학교 대동문화연구원, 1996.

李滉 著(辛鎬烈 譯), 『국역 퇴계시』, 한국정신문화연구원, 1990.

______(辛鎬烈 譯註), 『다시 陶山 매화를 찾아』, 창작과 비평사, 1995.

______(權五鳳 編), 『退溪詩大全』, 포항공과대학, 1992.

______(李家源 譯), 『퇴계시역주』, 정음사, 1987.

______(李章佑·張世厚 譯), 『퇴계마을의 노래』, 지식산업사, 1997.

________________, 『퇴계시 풀이』 제일권, 중문출판사, 1996.

________________, 『퇴계시 풀이』 제이권, 중문출판사, 1998.

______(退溪學研究院 譯), 『退溪全書』, 퇴계학연구원, 1993.

______(賈順先 主編), 『退溪全書今注今譯』, 中國四川大學出版社, 1992.

______(張立文 主編), 『退溪書節要』, 中國人民大學出版社, 1989.

______(김종석 역주), 『심경강해 - 퇴계선생의 심경부주 강의』, 이문출판사, 1999.

2. 論文類

권호종, 「歐陽修 시를 통해 본 비애감의 극복」, 『中國詩와 詩論』, 현암사, 1993.

金光淳, 「陶山十二曲에 나타난 自然觀과 人間觀」, 『韓國의 哲學』 제22호, 경북대 퇴계연구소, 1994.

______, 「退溪文學에 있어서의 自然觀과 人間觀 ; 陶山十二曲을 中心으로」, 『退溪學報』제75·76호, 퇴계학연구원, 1992.

______, 「퇴계의 성령철학」, 『동방한문학』 제10집, 1994.

金時晃, 「陶山記에 나타난 退溪先生의 學問과 思想」, 『退溪學論叢』 제7집, 한국퇴계학연구원, 2001.

金周漢, 「朱子와 退溪의 文學觀」, 『退溪學報』 제56호, 퇴계학연구원, 1987.

______, 「李退溪 詩文 중의 命名意識」, 『退溪學報』제67호, 퇴계학연구원, 1990.

金泰鵬, 『退溪詩의 한 研究 - 正心詩를 中心으로』, 성균관대 박사학위논문, 1995.

金洪永, 『退溪 文學批評 研究』, 계명대 석사학위논문, 1992.

徐首生, 「退溪詩書의 特異性」, 『퇴계학보』 제36호, 퇴계학연구원, 1982.

______, 「退溪 文學의 研究」, 『退溪學研究』 第一輯, 慶尙北道, 1973.

閔丙秀, 「退溪詩의 變異 樣相에 대하여」, 『韓國漢詩作家研究』 제6집, 태학사. 2000.

______, 「退溪詩의 形象化 方式에 대하여」, 『韓國漢詩研究』 5, 태학사, 1997.

孫五圭, 『退溪의 山水文學 研究』, 성균관대 박사학위논문, 1990.

沈慶昊, 「退溪의 山水遊記」, 『퇴계학연구』 제10집, 단국대학교 퇴계학연구소, 1996.

안병걸, 「퇴계학의 계승양상과 그 연구과제」, 『退溪學』 第十二輯, 안동대학교 퇴계학연구소, 2002.

芮昌海, 「退溪의 詩歌 - 儒家 詩歌의 文學的 限界性의 한 局面」, 『국어국문학』101, 국어국문학회, 1989.

원종례, 「시론을 통해 본 중국인의 淸空美 편애에 대한 문학사회학적 연구」, 『中國詩와 詩論』, 현암사, 1993.

李東英, 「李退溪의 詩歌와 道學」, 『退溪學報』창간호, 퇴계학 부산연구원, 1995.

______, 「退溪詩 속의 風流」, 『退溪學報』제75·76호, 퇴계학연구원, 1992.

李東歡, 「退溪의 詩에 대하여」, 『退溪學報』 제19호, 퇴계학연구원, 1978.

______, 「退溪 詩世界의 한 局面」, 『退溪學報』 제25호, 퇴계학연구원, 1980.

李敏弘, 「聾巖詩歌의 生活理念과 品格」, 『朝鮮中期 詩歌의 理念과 美意識』, 성균관대학교출판부, 1993.

李章佑, 「退溪의 使行詩」, 『退溪學研究』第2輯, 단국대 퇴계연구소, 1988.

______, 「退溪詩와 僧侶」, 『퇴계학보』제68호, 퇴계학연구원, 1990.

李貞和, 「退溪의 和答詩研究」, 『韓國漢詩研究』10, 태학사, 2002.

______, 「退溪 李滉의 說理詩研究」, 『한국사상과 문화』제11집, 한국사상문화학회, 2000.

______, 「退溪 李滉의 輓詩研究」, 『한국사상과 문화』제9집, 한국사상문화학회, 1999.

______, 「退溪詩 研究 - 樓亭漢詩를 中心으로」, 『한국사상과 문화』제2집, 한국사상문화학회, 1997.

李鍾虎, 「退溪美學의 基本性格」, 『퇴계학』창간호, 안동대 퇴계학연구소, 1989.

______, 「退溪의 詩歌文學論과 文藝認識論의 爭點」, 『退溪와 南冥의 思想的 特性』(발표논문집), 경북대 토계연구소, 1999.

______, 「退溪의 碣文修辭에 대하여」, 『퇴계학』제3호, 안동대 퇴계연구소, 1991.

______, 「우탁의 형상과 예안의 退溪學團」,『퇴계학』제4호, 안동대 퇴계연구소, 1992.

李澤東,『退溪의 梅花詩 研究』, 서강대 석사학위논문, 1989.

李 瑈,『退溪詩의 性理學的 變容研究』, 동국대 박사학위논문, 1992.

李慧淳, 「退溪詩에 나타난 歷史意識」,『退溪學研究』第2輯, 단국대 퇴계연구소, 1988.

鄭 珉, 「한시 속의 두견이와 소쩍새」,『韓國漢詩研究』 9, 태학사, 2001.

鄭炳連, 「誠의 經典的 意義」,『정신문화연구』통권41호, 한국정신문화연구원, 1990.

鄭炳浩, 「鶴峰 金誠一의 退溪先生史傳에 대하여」,『제30회 퇴계학 연구발표 논문집』, 국제퇴계학회 대구경북지부, 2003.

鄭錫胎, 「退溪의 梅花詩에 대하여」,『退溪學研究』第5輯, 단국대 퇴계 연구소, 1991.

______,『退溪詩의 書誌와 年代記的 特性 考究』, 고려대 박사학위논문, 1999.

丁淳佑, 「退溪 道統論의 歷史的 意味」,『退溪學報』第一百十一輯, 퇴계학연구원, 2002.

鄭羽洛, 「退溪와 南冥의 事物認識方法과 文化精神의 相觀性」,『제30회 퇴계학 연구발표회 논문집』, 국제퇴계학회 대구경북지부, 2003.

______, 「退溪 認識論의 문학적 반응과 想像力의 구조」,『韓國의 哲學』제21호, 경북대 퇴계연구소, 1993.

曺圭益, 「退溪의 詩歌觀 小攷 - <陶山十二曲跋>, <書漁夫歌後>, <與趙士敬書>, <與鄭子精>」,『퇴계학연구』제2호, 단국대 퇴계학연구소, 1988.

趙潤濟, 「退溪를 中心으로 한 嶺南歌壇」,『청구대 논문집』제8호, 청구대학, 1965.

趙喆濟,『退溪 李滉의 詩文學考』, 동국대 석사학위논문, 1987.

周月琴, 「性理文化에 대한 退溪心學의 思想的 寄與」, 『퇴계학 국제
　　학술회의 논문집』, 안동대 퇴계학연구소, 1998.
崔信浩, 「退溪의 文學觀에 있어서의 志의 문제」, 『성심어문논집』제16
　　호, 성심여대, 1994.
＿＿＿, 「<陶山十二曲>에 있어서의 '언지'의 성격」, 『한국고전시가작
　　품론』2, 집문당, 1992.
최진덕, 「'朱子家禮'와 죽음의 유학적 이해」, 『정신문화연구』통권80호,
　　한국정신문화연구원, 2000.
최진원, 「陶山十二曲攷」(二), 『도남학보』제7호, 도남학회, 1985.
洪瑀欽, 「퇴계의 《매화시첩》에 대한 연구」, 『인문연구』제4호, 영남대
　　인문과학연구소, 1981.

3. 單行本

(1) 國內 著書

경북대 퇴계연구소, 『退溪門下 6哲의 삶과 사상』, 예문서원, 1999.
權五鳳, 『가을하늘과 밝은 달처럼』, 동아기획, 1994
＿＿＿, 『退溪의 燕居와 思想形成』, 포항공과대학, 1989.
＿＿＿, 『예던 길』, 우신출판사, 1984.
琴章泰, 『'聖學十圖'와 퇴계철학의 구조』, 서울대학교출판부, 2001.
＿＿＿, 『퇴계의 삶과 철학』, 서울대학교출판부, 1998.
金光淳 譯, 『註解 退溪先生年譜』, 경북대학교 토계연구소, 1992.
金光淳·李東歡 編, 『퇴계학 연구논총』제4권 : 문학사상(上), 경북대학
　　교 퇴계연구소, 1997.
＿＿＿, 『퇴계학 연구논총』제5권 : 문학사상(下), 경북대학교 퇴계연구소,
　　1997.
김종석·하창환, 『퇴계 이황의 삶과 교훈』, 일송미디어, 2001.

閔丙秀,『韓國漢詩史』, 태학사, 1996.

______,『韓國 漢文學 散藁』, 태학사, 2001.

成樂喜,『崔致遠의 詩精神 研究』, 관동출판사, 1990.

申龜鉉,『퇴계 이황』, 예문서원, 2001.

尹絲淳,『退溪哲學의 研究』, 고려대학교 출판부, 1995.

李秉岐・白鐵,『國文學全史』, 신구문화사, 1967.

李尙祐,『東洋美學論』, 시공사, 1999.

이상희,『매화』, 넥서스BOOKS, 2002.

이종묵,『한국한시의 전통과 문예미』, 태학사, 2002.

丁淳睦,『退溪評傳』, 지식산업사, 1987.

趙兢鎬,『유학심리학』, 나남출판, 1998.

韓德雄,『퇴계심리학 - 성격 및 사회심리학적 접근』, 성균관대학교출판부,
        1994.

(2) 國外 書籍

高友工・梅祖麟,『The Language in T'ang Poetry』, 嶺南書院, 1979.

金達鎭 譯解,『莊子』, 고려원, 1991.

大濱晧(이형성 옮김),『범주로 보는 주자학』, 예문서원, 1997.

逯欽立 校注,『陶淵明集』, 里仁書局, 1980.

斯波六郎(尹壽榮 譯),『中國文學 속의 孤獨感』, 동문선, 1992.

徐復觀(權德周 外 옮김),『中國藝術精神』, 동문선, 1990.

列禦寇 撰,『列子』, 中華書局 1985.

王　甦(李章佑 譯),『退溪詩學』, 중문출판사, 1997.

劉　安(李錫浩 譯),『淮南子』, 세계사, 1992.

劉若愚(李章佑 譯),『中國詩學』, 동화출판공사, 1984.

李秀雄,『朱熹與李退溪詩 比較研究』, 北京大學出版社, 1991.

諸橋轍次(심우성 옮김),『공자 노자 석가』, 동아시아. 2001.

李貞和

leejeonghwa@knu.ac.kr
1966년 강원 간성 출생
연세대 졸업
숙명여대 대학원 졸업(문학석사·문학박사)
숙명여대 인문학부 강사
현재 경북대 퇴계연구소 전임연구원

〈論文〉退溪詩 研究
　　　　退溪의 和答詩 研究
　　　　退溪 李滉의 說理詩 研究
　　　　退溪 李滉의 輓詩 研究
　　　　退溪詩 研究－樓亭漢詩를 中心으로
　　　　韓國女性을 題材로 한 敍事漢詩
　　　　徐 令壽閣의 詩 研究

退溪 李滉의 詩文學 研究

2003년 11월 20일 인쇄
2003년 11월 25일 발행

저　자·이정화
발행인·김홍국
발행처·도서출판 **보고사**
등　록·1990년 12월(제6-0429)
주　소·서울시 성북구 보문동 7가 11번지
전　화·922-5120~1(편집), 922-2246(영업)
팩　스·922-6990
메　일·kanapub3@chollian.net
www.bogosabooks.co.kr

ISBN 89-8433-197-X(93810)
ⓒ 이정화, 2003

저자와의 협의에 의하여 인지를 생략합니다.

정가 15,000원